Reindeer with King Gustaf

What to Expect When Your Spouse
Wins the Nobel Prize

与古斯塔夫国王共进晚宴

当爱人获得诺贝尔奖之后

[美]

阿妮塔·劳夫林 著

张心童 译　　邹云 校

生活·讀書·新知 三联书店

图书在版编目（CIP）数据

与古斯塔夫国王共进晚宴：当爱人获得诺贝尔奖之后 / （美）劳夫林著；
张心童译. —北京：生活·读书·新知三联书店，2016.10
ISBN 978 - 7 - 108 - 05383 - 1

Ⅰ．①与…　Ⅱ．①劳…②张…　Ⅲ．①纪实文学－美国－现代
Ⅳ．① I712.55

中国版本图书馆 CIP 数据核字（2016）第 020616 号

策划编辑　郭晓慧　李静韬
责任编辑　胡群英
装帧设计　蔡立国　刘　洋
责任校对　张国荣
责任印制　宋　家
出版发行　**生活·讀書·新知** 三联书店
　　　　　（北京市东城区美术馆东街 22 号 100010）
网　　址　www.sdxjpc.com
经　　销　新华书店
印　　刷　北京市松源印刷有限公司
版　　次　2016 年 10 月北京第 1 版
　　　　　2016 年 10 月北京第 1 次印刷
开　　本　880 毫米×1230 毫米　1/32　印张 4.5
字　　数　78 千字
印　　数　0,001－8,000 册
定　　价　29.00 元
（印装查询：01064002715；邮购查询：01084010542）

鸣　谢

　　这本书最初的念头源自几年前与诺贝尔奖获得者及其伴侣们在德国林道的博登湖所进行的一次晚餐谈话。我们参加由维斯堡（Wisborg）已逝的伯爵夫人索尼娅·贝纳多特（Sonja Bernadotte）赞助的国际会议。会上大家分享了关于获得诺贝尔奖的经历，其中夹杂着脉脉温情和嬉笑欢闹。谢天谢地，现在维斯堡的伯爵夫人贝蒂娜·贝纳多特（Bettina Bernadotte）将林道的传统延续至今。

　　我要感谢上百位与诺贝尔基金会相关的人士，包括厨师、服务生、花匠、艺人、音乐家，还有集思广益策划活动的学生们，他们为我们展现了精彩纷呈的诺贝尔周。

　　同样感谢好心审阅我书稿的道格·奥谢罗夫（Doug Osheroff）、威廉·菲利普斯（William Phillips）、作家玛丽·雷斯（Mary Reath）、出版商西娅·塞尔比（Thea Selby）、鲍勃·巴斯（Bob Bass），还有我的众多家人，他们一直在向我提供激动人心的诺贝尔奖故事——哪怕在大概11年之后！

我同时要感谢为本书封面供画的美术家戴安娜·布拉德利（Diana Bradley），将封面画数字化的苏珊·韦尔（Susanne Weihl），还有我的文字编辑卡罗琳·佩里（Carolyn Perry）和博比·马耳特斯（Bobby Maltese）。特别要感谢我的好朋友和编辑莉莎·普里斯古（Lisa Pliscou），感谢她的鼓励和智慧的见解。同时感谢我的出版商南希·克利里（Nancy Cleary）对这个项目一贯的支持。

感谢我的父母和两个儿子，感谢他们的爱和支持。当然还要感谢我的丈夫，他给我的人生带来了如此的喜悦。

阿妮塔·劳夫林

2009年2月28日

于加州斯坦福大学

目　录

前　言

　　阿妮塔·劳夫林的这本书讲述了她作为诺贝尔奖新得主的伴侣的见闻与经历，全书妙语连珠，让人忍俊不禁。我来说说我读后的感受。因为就在其丈夫罗伯特·劳夫林得奖的前两年，我也获得了诺贝尔奖，因此读她的书让我深有同感。阿妮塔讲述的事情我也曾亲身经历，真是有趣又耐人寻味。

　　我一时也曾想过自己写一本，倘若我能回想起足够多的独特活动的话。可阿妮塔已经写得够精彩了，我写的必然相形见绌。比如说，我可记不得诺贝尔周的各种晚宴上都有什么食物，我也没有记下举办的一系列活动和突发的种种问题（但问题确实出现过）。我只记得在一场晚宴上坐在我旁边的人，因为她是瑞典王后。

　　我也很喜欢阿妮塔的故事（故事当然是从凌晨两点半接到斯德哥尔摩的电话开始的），她看诺贝尔奖颁奖活动的视角与我颇有不同。我从未关心过我的发型，而且我为此所购的唯一服装就是白领带和燕尾服。

我想我们俩都会觉得这一系列的活动中要数学生组织的那个最好玩儿，尽管她不会明白，被年轻漂亮的瑞典学生包围的感觉有多棒。阿妮塔对于诺贝尔奖新得主参加永远微笑跳跃的绿蛙大勋位入会仪式的描述惊人的准确，但是我不知道罗伯特有没有告诉她，像青蛙一样在地上跳上五分钟有多累。我还真为一些年迈的诺贝尔奖得主捏了一把汗。

诺贝尔奖让人一夜成名。然而鲜有人知道围绕颁布这至高奖项而展开的一系列活动。我认为阿妮塔对这些活动的描述既准确又诙谐，想必几乎所有人看了都会觉得引人入胜，尽管读者们并未在科学课上都拿 A。

道格拉斯·奥谢罗夫（Douglas Osheroff）

2008 年 10 月于加州斯坦福大学

第一章　接到邀请电话

　　无论是查询旧金山的街道路线还是查找胡萝卜蛋糕的做法，去谷歌搜索都错不了。可有这么一件事情，连谷歌也帮不上忙——当你的另一半获得了诺贝尔奖，接下来会发生什么？这本回忆录就试图揭开这个问题的神秘面纱，因为还没有网站能解释这桩事情的来龙去脉，也没有官方手册可寻。你的挚友也给不了你什么建议。你完全要靠自己了。

　　你意识到，你的另一半是60亿人口中获此殊荣的一员，而你自己也自然成为60亿人口中将要飞往斯德哥尔摩的一员，这不禁让人诚惶诚恐。我想说的是，这段经历会给你本人或夫妻俩的生活带来怎样的改变，那完全是个未知数。这个奖项本身分量不轻，领奖的经历也同样重要和有趣。

　　这一天是1998年12月10日。我的丈夫罗伯特·劳夫林走到瑞典的古斯塔夫国王跟前，低头领取了诺贝尔奖奖章。

他接过了皮革装订的证书，与国王握手致意，接着转身向瑞典学院的成员、其他诺贝尔奖得主，以及世界各地通过电视观看颁奖典礼的上百万观众鞠躬致谢。我和家人就坐在斯德哥尔摩宏伟的市政大厅的第二排，看到罗伯特在台上敬礼时镇定地望向我的方向，我热泪盈眶。他站在得奖者之列的这一刻是他之前孜孜不倦的努力换来的。他的创造性工作终于以这种方式获得了肯定，我几乎可以感受到他的如释重负和心潮澎湃。作为年轻的理论物理学家，他凭借自己的努力获得了诺贝尔物理学奖。

1978年到1980年这一期间，罗伯特是新泽西贝尔实验室（Bell Laboratories）的博士后研究员。当时，贝尔实验室是一个享有盛名的实验室，那里的设施设计巧妙，拥有舒适的公共休息室，可供来自世界各地的著名科学家私下里碰面，交流想法。当今可与贝尔实验室相媲美的公司是谷歌，谷歌的办公建筑位于加州阳光充沛的山景城（Mountain View），占地庞大，里面都是待遇优渥的技术人员。

罗伯特是1978年来到贝尔实验室的。他待在理论组，可以自行选择项目。罗伯特在麻省理工学院读研究生时的论文导师约翰·乔安诺坡罗（John Joannopoulos）对贝尔实验室的实验物理学家马克·卡尔迪洛（Mark Cardillo）的工作成果赞许有加，强烈建议罗伯特与他合作。马克有一项专门探索原子的量子特性的新技术，利用原子的波动性来研究它们的表面。于是罗伯特开始了这个领域的研究，每周都彬彬有礼地参加讲座，与他的同事们喝喝茶，吃吃饼干，聊聊天。

就在一次礼貌得体的茶会上，罗伯特与他的同事崔琦（Daniel Tsui）谈论起克劳斯·冯·克里津（Klaus von Kiltzing）的一篇论文。冯·克里津是德国维尔兹堡大学（Würzburg University）的实验物理学家。崔琦十分推崇这篇论文，建议罗伯特也读读。罗伯特已经关注崔琦的工作很多年，十分敬重他的建议，因此开始埋头研读。两周之后，罗伯特在贝尔实验室研讨会上发表了演讲。此类演讲是一次展示和介绍的机会，其目的就是让大家听听正式的讲座，了解实验室正在进行的研究近况。罗伯特展示了他最近关于"规范论证"的工作，那是一个简单的数学定理，证明了"冯·克里津的准确数字等同于电子的电荷"。要想获得冯·克里津的数字的三分之一应该是不可能的，因为电子不可再分。

1980年的冬天，罗伯特正在求职阶段，加上他的父亲突然去世，对我们来说，那是一段愁云密布的时光。我当时在一家为精神异常儿童开设的私立学校找到一份工作。班上有八个被诊断为精神病或精神分裂的七岁儿童，我忙得不可开交。其中一个小孩儿认为自己是霸王龙，另一个小孩儿每当在班上感到害怕的时候，就变身成为她杀人犯妈妈的人格。还有一个小孩儿爬到了学校的房顶，在排水管上荡来荡去，威胁说要跳下来。我的工作可谓危机四伏。我和罗伯特都希望能换个环境，尤其是罗伯特，他特别怀念在塞拉山脉（Sierra Mountains）周末远足的日子。幸运的是，半年后，罗伯特很容易就在加州的劳伦斯·利弗莫尔实验室（Lawrence Livermore Labs）找到了工作。

然而在罗伯特刚到利弗莫尔时，他被安排待在停车场窒闷的活动房屋里，直到六个月后通过了安全调查，他才可以作为员工进入实验室工作。这段被冷落在外的经历结果却成了一桩幸事。

在罗伯特被冷落到孤岛般的活动房屋的同时，他收到并阅读了贝尔实验室原同事崔琦和霍斯特·施特默（Horst Stormer）发来的一篇准备出版的文章。这篇文章描述了对分数量子霍尔效应（fractional quantum hall effect）的最初观测，他们提道："你可能会对此有兴趣……"他们已经了解到："规范论证排除了这种效应的可能性，除非电子形成物质的新状态。那成为一项棘手的挑战。"利弗莫尔实验室的管理部门鼓励罗伯特在从事其相关的武器研究之余，研究推断一下这一新效应。虽然我还无法理解这一发现的重大性，不过罗伯特试着用浅显的话解释给我听："崔琦和施特默发现的成果涉及磁学。这一新效应与冯·克里津发现的量子霍尔效应（他在1985年因此获得了诺贝尔奖）相似，却是冯·克里津测量结果的三分之一。崔琦－施特默效应发生在高磁场强度下，在这种情况下，冯·克里津效应失效。这意味着电子以量子力学的形式自组，这一现象从未被观测到，对于科学界来说还是未知的。"

接下来的两个月，罗伯特都在思考这些结果——大多数的时间，他都在我们家后院的金冠苹果树下发呆，整个人恍恍惚惚的，一副若有所思的样子。我想，就算房子被烧着了，罗伯特可能也不会挪动一步。他很快就这个问题写了两篇论文。在第二篇中，罗伯特用单一方程式对这种自组现象进行了数学表述。这一现象获得了"三分之一效应"的昵称，之后成为重要的"分数量子霍尔效应"。用单一方程式表达任何如此复杂的问题都会备受瞩目。

罗伯特的方程式非常简单，但是基本概念涉及绝不简单的量子力学。在量子力学中，你没法儿确认电子在哪儿，只能知道它们在特定区域的概率。罗伯特的方程式非常简洁地描述了这些概率。这个方程式只用了十四个符号，却能描述一亿个电子！罗伯特阐释说："这段描述的重要意义是，这些电子可以集体移动，仿佛携带三分之一电子电荷的粒子。这个结果是让人震惊的，因为人们都以为电子电荷是不可再分的。这项实验和与之相对应的理论证明，基础物理学的这项前提不成立。相应的，这一发现对基础物理学来说具有潜在意义，因为质子的基本组成部分夸克携带了三分之一的电子电荷。这意味着，夸克可能根本不是基本单元。"

我承认我对夸克一无所知，但是我听了罗伯特的话后，相信它们是存在的。我连一门物理课都没有上过，真是多亏了罗伯特花了这么多小时，试着让我尽快明白他的发现。这么多年来，我们家饭桌上的话题可谓天马行空：物理学、中东政策、美国政治、马可·奥勒留（Marcus Aurelius）哲学、信息时代的小弊端，或者神秘谋杀的情节。无论什么话题，罗伯特总是见解卓越，思路明晰且快如闪电。没有什么是他没思考过的。我从罗伯特身上学到了一些数字常识。比如，现在我着迷于数字的共时性。我和罗伯特的第一次约会是在1977年的10月13日。他接到瑞典的来电是在1998年的10月13日。这一天，罗伯特因"三分之一效应"，与崔琦和施特默一同成为诺贝尔奖获得者。

自从1982年提出他开创性的理论之后，罗伯特就被列入诺贝尔奖的入围名单。在47岁的时候，他最终成为获奖者。我们已经结婚20年，有两个充满活力的儿子，住在斯坦福大学校园里一栋光线充足的房子里，周围环绕着玫瑰花和大丽花的花园，还有十几棵红杉。

无论写什么样的回忆录，总是脱不了"X-Y染色体效应"，所以这里我要澄清的是，我对收到获奖通知后几个月里的见闻记录完全是从我自己的观点出发的，可能会与其他人的经历有所出入。我在美国和其他国家的同事、学生的家人、朋友，以及陌生人，总会问起我的这段经历。如今是罗伯特获得诺贝尔奖的11周年，是时候以我个人的角度来记录一下我和罗伯特长年相亲相爱的生活了，还有我们是如何面对生活中这样一桩伟大的事件的。

罗伯特·劳夫林于1950年出生在加州的维塞利亚（Visalia）。维塞利亚位于加州中部炎热的农耕地区。罗伯特家族的人当中有音乐家、教师、律师和医生。罗伯特的父亲戴维（David）是一名律师，每晚睡前都要阅读《韦氏词典》。戴维总喜欢在饭桌上和他的孩子罗伯特、玛格利特（Margaret）、约翰（John）及朱莉（Julie）进行激烈的讨论。他在靠近孩子们房间的走廊的墙上挂了四块黑板，给孩子们提供展示自己想法的空间。戴维偶尔会出道数学题，鼓励孩子们参与，挑战他们的父亲。罗伯特的黑板上满是方程式和草图。戴维的循循善诱向他的四个孩子展现了知识探索的重要性。也许是受到父亲的影响，戴维的孩子们后来分别学习了法律、医学、计算机、电子工程和理论物理。

罗伯特的母亲佩吉（Peggy）在维塞利亚教书，是一位颇受同行敬重的数学教师。她也向自己的孩子们灌输了对数学和音乐的热爱。在罗伯特很小的时候，佩吉就对他不受约束的行为感到惊讶。罗伯特三岁的时候就跑出去，坐在当地奶牛场的拖拉机上头。四岁的时候，他穿着自家做的超人衣服从家里的房顶上跳下来。五岁的时候，罗伯特就再三要求阿姨为他念一本名为《关于电力的第一本书》（*First Book of Electricity*）的书，后来他设法悄悄地将模型火车接入家里的主电路。罗伯特小的时候每天都读《世界图书百科全书》（长大之后也每晚都看），并对很多事物都萌生出兴趣，包括滑轮系统。他的妈妈记得有一次，她无意间望向窗外，吃惊地发现大块金属和木材正被一套绳子滑轮系统悄悄地吊到二楼。这些东西的目的地正是六岁的罗伯特在里面鼓捣的秘密阁楼间。

罗伯特上学之后，他就方枘圆凿，与周围格格不入，不听从老师的话。他特立独行，仿佛有自己的学习日程，并且总是比同龄人超前两步，比大多数成年人超前三步。随着他的兴趣和问题数量的增加，佩吉担心罗伯特可能需要进度更快的课程设置。在罗伯特三年级的时候，他拒绝背诵乘法表，也不想学习加减法的标准算法。直到今天，我也搞不清楚他是如何平衡支票簿的。不管怎样，佩吉和当地的其他家长行动了起来，开设了一所提供更严格课程的私立小学。

青少年时期，罗伯特自学了微积分，还拿出家里的化学品在车库里做实验，最后导致手被烧伤并被送去医院。

回想当初，罗伯特曾经问芬兰赫尔辛基的一群物理学家小的时候有没有做过爆炸物，他们全都举起了手。有的人，比如他的同事霍斯特·施特默，还因为火箭研究的失误而失去手指。

遵循家族的悠久传统，罗伯特就读于加州大学伯克利分校。他的父亲强烈建议他主修工程学，但是向来特立独行的他选择了自己热爱的理论物理。他在伯克利求学期间正值"越战"，当时校园里的反战游行抗议几乎是家常便饭。讽刺的是，正当反战情绪甚嚣尘上之时，罗伯特却收到了征兵通知，并在毕业后加入了军队，在办公室里干起了打字和接电话的差事。在军队驻扎德国维比施穆德（Schwäbisch Gmünd）的时候，他通过听广播自学了德语。服役期满的时候，他找来一些硝石和糖，混合后倒进了军靴，郑重地将之炸掉了。这也是一项家族传统。罗伯特的舅舅希兰·贝茨（Hiram Betts）曾作为外科医生参加朝鲜战争，在退役时也毁掉了自己的靴子。

就在罗伯特服役期满之前不久，他报名参加了德国斯图加特（Stuttgart）的研究生入学考试。他在军营里与其他三个人共用一个储物柜，他们戏称那个储物柜为"零食柜"。他们在里头塞了一堆违禁物品，包括麦片、糖果、银器、钢盆、喇叭线、睡袋和弹药带。毫无疑问，柜子被撑得满满当当的。考试前一天的视察可让他们露了馅儿，罗伯特懊悔地站在一片狼藉之中，将储物柜的责任揽在了自己身上。因视察不合格，罗伯特被分配了额外的执勤任务，包括数小时的厨房工作。负责的少校再三告诫罗伯特不准参加任何研究生入学考试。但是第二天，少校还是放了他一马。罗伯特在疲惫不堪和压力重重的情况下参加了考试。他考卷的前半部分答得很差，可能正因如此，他之后收到的一直都是研究生院的拒绝信。最后，麻省理工决定给他一个机会，录取了他，但是不提供经济资助。之后在麻省理工的几年里，我和罗伯特相识了。

与罗伯特在维塞利亚的生活截然不同，我在加州帕罗奥多（Palo Alto）出生之后，就随着父母在美国的大江南北四处辗转。我在马萨诸塞州坎布里奇蹒跚学步的时候，我的母亲从斯坦福大学毕业，我的父亲正在哈佛大学攻读博士学位。父亲之后在俄勒冈州、纽约州、加州及马萨诸塞州从事高校行政和出版类的工作，还在非洲莱索托（Lesotho）的世界银行担任过教育顾问。也许正是由于这些辗转的搬家经历，我从小就有写日记的习惯，并且在自己卧室的小天地里日日夜夜地写诗，让我的家人着实摸不着头脑。

和罗伯特一样，我是个强烈需要自我空间的人，独立，富有创意，内心充满动力。我的青春情感在诗歌上找到了出口，影响我的作家包括西尔维娅·普拉斯（Sylvia Plath）、艾米莉·勃朗特（Emily Bronte）、夏洛蒂·勃朗特（Charlotte Bronte）、弗兰纳里·奥康纳（Flannery O'Connor）以及尤多拉·韦尔蒂（Eudora Welty）。与罗伯特家的餐桌辩论一样，我与三个兄弟姐妹的餐桌辩论也是家常便饭。我儿时受到莎士比亚的熏陶，这对我来说非常宝贵，我常听戏剧和十四行诗的黑胶唱片，并且尽可能地经常去剧院。从帕罗奥多高中毕业的时候，我凭借诗歌和剧本创作的才能，获得了全校创意写作的最高奖项伊万林德奖（Ivan Linder Prize）。

我后来就读于康涅狄格学院（Connecticut College），师从桂冠诗人威廉·梅雷迪思（William Meredith），花了不少时间一边倾听拉尔夫·沃恩·威廉斯（Ralph Vaughan Williams）的音乐，一边阅读约翰·弥尔顿（John Milton）的《失乐园》（*Paradise Lost*）。毕业之后，我和大一的室友一起搬到马萨诸塞州的坎布里奇。我在莱斯利学院（Lesley College）攻读普通教育学和特殊教育学两个研究生学位。我的室友苏珊·佛少尔（Susan Froshauer）是麻省理工实验室研究粘菌的研究员，她的工作要在晚上进行。我们相约一同去麻省理工的游泳池游泳，那个时候刚巧罗伯特也来游泳。所以，我总觉得是苏珊的粘菌将我引到了罗伯特的身边。

我和罗伯特都在快道游泳。所以我直觉地认为，他不仅是一个聪明年轻的麻省理工学生，也很有可能是来自加州的游泳好手。现在回想起来，罗伯特体格健壮，活跃好强，在麻省理工安静的游泳池里，无异于迈克尔·菲尔普斯般的异类。我后来得知，是他的妈妈让他在高中参加游泳队，打水球，以便与同学打成一片。

出于好奇，我有点儿想认识他。罗伯特评论我们旁边泳道那位穿豹纹泳衣游泳的家伙说："他看起来彪悍，其实洗澡时都不脱泳衣。"随后，我终于介绍了自己。我约罗伯特去吃中餐，他同意了。接下来我花了一个月的预算，为他做了我们的第一顿晚饭。七个月之后的1978年，我们在斯坦福大学的小教堂结婚了。

要想在斯坦福大学的小教堂结婚，我们一定要参加一个心理契合度的测试（毕竟这是斯坦福大学）。测试的时候（我们在不同的房间），我们要回答："你的未婚妻／未婚夫会如何应对情况X？"此外我们还要填写一到五分的评分。我们填写了对方的应对和自己的应对。对过我们的答案后，牧师向我们宣布了坏消息："你们应该重新考虑婚姻的问题。你们俩在心理上完全不契合。"我把这个消息告诉了我的妈妈，说我们的心理契合度考试不合格。但是45分钟之后，婚礼还是进行了。妈妈从3000英里以外的新英格兰给牧师打了电话，我不知道她到底说了什么，不过到目前为止，我和罗伯特已经结婚31年了。

如果有人问我，我和罗伯特与历史上的哪对夫妇最相像，稍稍思考之后，我的答案可能是约翰·亚当斯（John Adams）和他的妻子阿比盖尔·史密斯·亚当斯（Abigail Smith Adams）。约翰·亚当斯是律师和政治家，是18世纪中后期的乡绅。1774年，新泽西州的代表理查德·斯托克顿（Richard Stockton）称亚当斯为"美国独立的阿特拉斯[①]"。我在读到大卫·麦卡洛（David McCullough）对亚当斯性格的最初描述时，不禁起了一身鸡皮疙瘩，因为情况与我丈夫的小细节惊人地吻合。

很多人可以见证，约翰·亚当斯胸怀宽广，毅力惊人，能力超群。他拥有聪颖的头脑。所有人都知道他很诚实。天性独立，勤劳节俭，他可以称得上意气风发，感情真挚，自负，暴躁，冲动，固执己见，并且极端倔强。他充满激情，易怒，宽容，大方，风趣。他天生勇敢幽默，不过也有绝望消沉的时候，尤其是与家人分离的时候。[②]

这段描写与罗伯特太契合了。与亚当斯一样，罗伯特

[①] 阿特拉斯（Atlas），希腊神话中的擎天神。

[②] David McCullough, *John Adams*, New York: Touchstone, 2001, pp.18–19.

雄心勃勃，可以背诵朗费罗（Longfellow）等人的诗歌，阅读古典文学，说几门外语，时常旅行、演说，并且热心倡导所有文明社会都遵循的法治精神。

约翰·亚当斯的妻子阿比盖尔对美国开国的一系列事件都跟进了解，并在很多年里，每天写信给亚当斯，把自己的看法告诉他（无论亚当斯有没有问她）。阿比盖尔是他的船舵，是风暴中的平静。在亚当斯四处游走并极力宣讲他的想法，巩固他的政治未来的同时，阿比盖尔在家庭农场里自给自足，还要抚养四个孩子，耐心等待，"坚守堡垒"。阿比盖尔最终离开农场，与亚当斯去法国进行了一段长期访问。当跻身于皇亲国戚之列时，阿比盖尔极其勉强地去适应法国宫廷的规矩和习惯，这和我在瑞典与皇室共餐时的情景有些相像。

正如亚当斯和阿比盖尔，我和罗伯特在性情上也截然相反。但是我们都求知好学，并且往往固执己见。我们对彼此独立性和创造性发展的需要也非常尊重。这是我们婚姻的一个特点，也是在斯坦福大学小教堂的测验中不会"考到的"。这是我们关系的核心，随着时间的流逝，它帮助我们克服作为夫妇会面对的任何阻碍。

在我们第一次约会20年后，也就是1998年的10月12日，斯坦福新闻服务办公室的主任在办公室给罗伯特打了一通电话，告知罗伯特的名字已在诺贝尔奖"决选名单"上，如果罗伯特有任何的风声，一定要第一时间给他打电话。罗伯特马上就把电话号码扔掉了，因为他觉得斯坦福不可能连着三年都获奖（朱棣文在1997年获奖，道格·奥谢罗夫在1996年获奖）。

但在10月13日的清早，在儿子托德（Todd）的房间里，电话响个不停。托德是一个13岁的时尚少年，他的房间里有一部时髦的米老鼠大电话，我必须说，比他现在手里拿的苹果手机更大更炫。睡眼惺忪的托德拖着脚步走进我们漆黑的房间，摇了摇罗伯特的脚趾头，说："爸爸，有个瑞典人来电话，我现在能回房间睡觉了吗？"罗伯特猛地坐直了，在一片漆黑中摸过了电话。在儿子们进入青春期时，我们房间就关掉了电话的响铃。我听到罗伯特对着电话，平静又缓慢地说："这是再好不过的消息了。"他的声音很小。之后，罗伯特和他的两个瑞典同事通了电话——马茨·约翰逊（Mats Johnson）和斯蒂格·哈格斯特勒默（Stig Hagstrom）。他们俩是瑞典物理委员会的成员，罗伯特和他们确认了这不是恶作剧。这是真的。托德一动不动地站在那里。罗伯特放下电话的时候，我小声地哭了起来。我们相拥在一起，然后罗伯特去告诉我们另一个15岁的儿子纳撒尼尔（Nathaniel），整个过程他都在睡觉。罗伯特在废纸篓中寻找新闻服务办公室的电话号码。托德问我为什么要哭，然后告诉我他可要回屋睡觉去了。第二天早上我才发现，托德让电话响了"很长时间，足足半个小时，因为我想睡觉"！他后来被人问了六七次当时的情境，而且他的米老鼠电话还被拍了照。诺贝尔档案馆表示想要收藏那部电话，可是托德想要自己保留"那点历史存证"。

最后，罗伯特决定叫醒他的系主任布拉斯·卡布雷拉（Blas Cabrera），然后让他给新闻服务办公室打电话。当时是凌晨两点五十分左右，罗伯特叫醒了他的妈妈佩吉和我的妈妈卡罗琳·佩里（Carolyn Perry），问了同样的问题："想去斯德哥尔摩吗？"电话那头的尖叫响彻整个屋子，对于我妈妈来说，尖叫至少持续了20分钟。我爸爸以为她中了彩票。我打开了门廊的灯，电话声开始不停响起。罗伯特现在异常清醒，开始换衣服，讲话，剃胡子。我费力地帮他找领带、干净的T恤和上衣。因为这些都是他平时的行头，他很快就穿好了。我下楼给他做了一些法国咖啡和烤面包。他在房间里走不了几步，就必定能听到电话响起。

诺贝尔奖是在美国东部时间早上六点，西部时间早上三点公布的。凌晨三点半的时候，新闻服务办公室刚毅的杰克·哈伯德（Jack Hubbard）敲响了我们的房门。我还穿着睡袍，但是出于绝对的信任，我还是让他进来了。他的穿着无可挑剔。他问电话在哪儿，然后把自己的手机扔在桌上，说："我来帮你搞定今天的事情，我来接电话，安排报纸的采访，做罗伯特的保镖和司机。我们要让他保持镇静，不要被冲昏头。你负责给我提醒。"太棒了，镇定的提醒。我心想。

我焦急地跑到楼上，匆匆套上一条普通的帐篷式牛仔连衣裙，这是我在大清早四点能找到的最好的衣服了。儿子们还在沉沉睡着。我看向纳撒尼尔的房间，说："纳撒尼尔，你爸爸得了诺贝尔奖！"

"是啊，我知道了。晚安。"

不到一分钟，杰克的助理就出现了，他是个较为年长的和蔼男人，也是来帮忙接电话，安排媒体采访顺序的。

凌晨四点半前的一个小时我都在半睡半醒之间，我将肉桂面包扔进烤箱，越来越多的人到来，他们都聚集到了厨房，我开始炒鸡蛋。他们开始满屋子地拍照。一个摄影师正在厨房里拍照。"你想要炒鸡蛋的照片吗？"我问道。

"哦，当然。"她回答，然后炒鸡蛋的照片就出现在她的笔记本电脑上。"我按下这个按钮，"她说，"你炒鸡蛋的照片就会传送到欧洲各大报纸。全世界的人都知道你们早餐吃鸡蛋了。"

"不错。"我一时说不出话来，跑到楼上去换了条裙子。

凌晨五点钟，几辆白色的电视转播车出现在我家门口。两台缠绕着线缆的摄像机和几个白色的碟形天线也放在了屋前的草坪上。人们从各个方向拥进客厅（这让我隐约想起科幻电影 *E.T.* 里入室袭击的场景）。他们带着高灯、几英里长的电线、摄像机和麦克风。不到15分钟的时间，就有30个陌生人威严地进驻到我家的里里外外。电话每60秒就响起一次。一个女记者说，她需要两样东西：加奶的咖啡和供她化妆的卫生间。我送她去卫生间的时候，心想，儿子们看到她会不会吓一跳。她很快就回来了，坐在沙发的一个角落，戴上耳机，等待电视台发出采访罗伯特的指示。罗伯特坚持要换条领带，于是我们一起跑上楼去找领带。

非常神奇的是，我们的儿子还在睡梦中。我和罗伯特身心俱疲。罗伯特紧张忙乱又欣喜若狂，当电视采访于六点十五分开始的时候，他好像被设置成了自动驾驶模式，轻松坦率地回答提问。看着他，我为这个充满勇气、信念和智慧又有点害羞的男人无比自豪。我非常了解私下的他，但是对于作为科学家的他并不是那么了解。我在他身上发现了不同的东西。那天早上，听着他讲话，我好像看到我们的关系从此又增进了一步。那时，我觉得，保持一部分自我，对一段爱情关系来说，也许是基本的。我想，我们俩都保持了各自的个性、创造性，以及个人的目标，那是多么幸运，尽管我们已经结婚。我们各自悄悄地成长，这种成长，对方只可猜想。在挤满了窃窃私语的人、闪亮的灯、电线、显示器和摄像机的房间里，能独自意识到这一点，是多么让人欣慰。

我回过神来，担心我们可能没有足够多吃的，提供给屋里摩肩接踵的电视台工作人员，我出去买了百吉饼。回来的时候，我把儿子们叫醒了，顺便结结巴巴地告诉他们："不能穿带洞的牛仔裤！"托德当时才13岁，也难怪他在这样一场危机中比较听话。他和我安静地坐在厨房里，看着他爸爸在客厅里接受采访，然后出现在电视上，这感觉真像做梦。托德觉得这一切太刺激了，实在不想去上学，但是他的哥哥纳撒尼尔说他有一门化学考试，于是纳撒尼尔去上学了。

高级研究员、斯坦福物理系主任桑迪·菲特（Sandy Fetter）住在离我家三座房子远的地方，我们很高兴他也过来了。我们的好朋友、天体物理学家鲍勃·瓦戈纳（Bob Wagoner）也来了。房门外，我们邻里的紧急协调员正穿着浴袍，带着充电对讲机搜查街道，纳闷是不是谁被谋杀了。我们的第三个朋友佩吉·埃斯伯（Peggy Esber）像个红十字志愿者般急急匆匆地到来，慷慨地带来了粉白色的花束、法国香槟和更多的百吉饼。

我给我教书的地方打电话请假，叫醒了我的最佳代课老师杰姬·安德鲁（Jackie Andrew，她也嫁给了一名物理学家），她欣然地接受了这个黎明前的任务，我让她试着和我二年级的学生们解释发生了什么。我没时间告诉她这节课的具体教学内容，全都指望她了！我接着用手机给尽可能多的亲戚打电话，因为没人能够打通我们家的座机。"我们先接受CNN的采访，"杰克说，"《纽约时报》是下一个。收到采访要求之后，我会安排接下来的电话采访。"每次杰克接起电话的时候，他都会说："这里是劳夫林的家。"在接下来的几个小时，我至少听他说了一百次这句话。我告诉他，我想让罗伯特每个小时都能休息一下，杰克一整天都认真地执行了这个要求。不然的话，罗伯特真没法搞清楚状况。杰克和罗伯特相处融洽，杰克会喊道："他笑得不错！这太有意思了。他表现不错，真的不错！"

早上八点钟，每家主流电视台都进行了报道，在我家的人也逐渐散去了。九点半的时候，一切大体恢复了平静。早上五点的时候，我给住在圣罗莎（Santa Rosa）的父母和妹妹家打了电话，邀请他们当天到我们家里来。就在记者离开的时候，我的父母和妹妹一家带着康乃馨和香槟上门了。罗伯特的妈妈也从圣荷西（San Jose）赶来。我可以公道地说，对于罗伯特得奖，没有人觉得是出乎意料的，但是我们还是错愕不已。

上午十点钟，斯坦福的校园举办了记者招待会。我们开车过去，罗伯特坐在高尔夫球车上，杰克开心地坐在车轮的位置。罗伯特看起来有一点憔悴，但当几个教职人员欢迎他的时候，他振作了起来。我们被带到一个小房间，背景中有一条斯坦福的横幅。正如杰克所预测的，房间里有两株盆栽、一面蓝色墙壁和一个讲台。屋里挤满了在给摄像机安装三脚架的记者。高级研究员及我们的好朋友泰德·格鲍（Ted Geballe）上前拥抱我们。我们的朋友麦克·比斯利（Mac Beasley）和桑迪·菲特也来了。他们俩以能为斯坦福的物理学系招贤纳士而出名，其中就包括最近两年刚获得诺贝尔奖的朱棣文和道格·奥谢罗夫。当主席格哈德·卡斯珀（Gerhard Casper）介绍罗伯特的时候，我的家人和罗伯特的妈妈佩吉挤进了屋里。卡斯珀强调，这是一项重要的国际奖项，斯坦福大学接到这个消息后十分兴奋。他还提到，加州大学伯克利分校给诺贝尔奖得主预留私人的停车位，但是斯坦福大学可找不到足够的停车位给所有的获奖者！接下来是记者提问时间。

我们回到家，而罗伯特又被高尔夫球车载去参加更多的采访。我们在下午又参加了一个由斯坦福学生和教职人员临时举办的草坪招待会。罗伯特的姐姐玛格丽特和她的丈夫蒂姆（Tim）从圣马特奥（San Mateo）赶到，加入了我们。在这场招待会上，罗伯特被研究生和教职人员"折磨"得完全没有回击的余地。在此光荣时刻，罗伯特有名的炖肉问题又被提起。他为博士生资格考试设计了这样一道题目："如果你被以每小时35000英里飞驰的炖肉击中，你会怎么样？"这是一道冲击波的计算问题。令他意外的是，参加考试的人没有一个能答出来。考试结束的时候，一个紧张不安的俄罗斯学生凑过来，沮丧地问道："'炖肉'到底是什么？"

"一块儿肉。"罗伯特说。

"哦，我需要计算它的质量。"

"是的。"

"我把积分表带到考场来了。可是我应该带的是词典。"

同时参加招待会的还有朱棣文，他递给罗伯特一截桉树树枝，作为"火炬接力"的象征。

晚上六点的时候，罗伯特的哥哥约翰和他的妻子玛丽亚（Maria）带着两个儿子过来，还带来四盘意大利宽面、面包卷和沙拉。我们一起大吃了一顿，还吃了学生们送给罗伯特的巧克力蛋糕作为甜点，上面的糖衣里歪歪扭扭地写着"祝贺获得诺贝尔奖！"。白天的时候，我们收到了精美的花束，来自罗伯特的表姐利比·哈贝尔（Libby Hubbell）、维塞利亚的朋友贝蒂（Betty Sorensen）和吉姆·索伦森（Jim Sorensen）、我娘家佩里一家、罗伯特原来的学生马丁·格瑞特（Martin Griter），以及让罗伯特在斯坦福当上主任的得州人鲍勃·巴斯和安妮·巴斯（Anne Bass）。我也和哥哥奈德（Ned）通了话，他为这一消息感动不已。我们所有的亲戚都表示想和我们去斯德哥尔摩！

第二章　10月和11月的日记

10月14日

罗伯特还在超负荷地工作。他凌晨四点钟就起床查看上百封电子邮件。他仔仔细细地复制了所有的邮件地址，同时作了回复。我们的朋友埃斯伯一家想要为罗伯特举办一场派对，佩吉·埃斯伯来到我家，向我要了邀请客人的名单和他们的电话，我在早上五六点钟弄出了名单。我和罗伯特又回去工作了，可是我们发现要想专心工作还真不容易。我们俩的平均睡眠时间在五个小时左右，这一天可真难熬。我们意识到，生活不会停下来让我们有时间消化前一天的新闻或者去斯德哥尔摩的计划。

下午六点钟，罗伯特大汗淋漓地冲进屋里大声喊道："我干了件傻事儿！爱德华·特勒（Edward Teller）邀请我五点半到他家。我开完教职工会议，骑上自行车去校园里他住的街上，结果忘记了门牌号。他的邻居没一个能告诉我他住在哪儿！他没在入围名单上。他准会将我大卸八块的！"这里说的爱德华·特勒就是20世纪60年代初在劳伦斯·利弗莫尔实验室工作的"氢弹之父"。我先让罗伯特冷静下来，我们拼命去想谁认识特勒，最终给劳伦斯·利弗莫尔实验室的一个朋友打了电话，得到了特勒的电话号码。罗伯特打电话向特勒道歉，问他的门牌号是多少。

"我不知道我的门牌号，"特勒回答，"等着我去看一下。"

"他居然不知道自己家的门牌号？"我惊呼。

"这没什么可奇怪的。"罗伯特说。

"这还不奇怪？"我反问道。

特勒最终找到了他的门牌号，罗伯特提议给他带上一块儿诺贝尔奖的蛋糕。特勒婉言拒绝了。罗伯特又出门了，并且庆幸没有得罪特勒。罗伯特和特勒于20世纪80年代初在劳伦斯·利弗莫尔实验室共事。有一次，罗伯特和一群物理学家被召集起来听取特勒设计的实验。这个实验是运用铍金属寻找布洛赫振荡。罗伯特解释说："当电流被引入固体时，会导致电流快速地摆动，这就是所说的振荡。理论上来讲，除非使用能产生巨大电磁场的强电流，否则振荡是不会出现的。"

特勒只顾召集来听众，却并不想寻求对于实验的直率意见。对于认为实事求是的科学精神高于一切的罗伯特来说，这场演讲并不是那么对味。那场会议中，所有人都对特勒的实验表示鼓励，只有罗伯特严肃直率地提出异议，他说："这压根儿行不通。"罗伯特的反对意见基于金属化学，因为无法获得足够纯的铍金属。这个实验高度复杂，能不能做成很难说。30年过去了，据罗伯特所知，这个实验还是没能完成。很久之后，罗伯特的老板告诉罗伯特，当时特勒气坏了，让他辞掉罗伯特。罗伯特的老板并未采纳这个请求。罗伯特在1985年自动请辞，之后加入斯坦福大学的理论物理学系。

罗伯特在特勒家的聚会还挺愉快，特勒好像还向罗伯特提出了道歉。刚提到的那件发生在劳伦斯·利弗莫尔实验室的小插曲体现了罗伯特对其学术知识和直觉的坚定信心。20世纪80年代初期，特勒显然不会把一个资浅科学家的放肆见解放在眼里，尽管当时，罗伯特已经默默发表了最后让他获得诺贝尔奖的论文。

10 月 16 日

获奖的事终于不再那么像做梦了。罗伯特开始收到来自世界各地的同事的电子邮件和手写的书信。在夏威夷开会的物理学家们纷纷慷慨地签署了恭贺的饰板，包括克劳斯·冯·克里津。罗伯特收到了一幅为他书写的五英尺长的独特的中国书法卷轴。他的办公室里头总是挤满了同事和学生，拿着优质威士忌的，还有和罗伯特握手道贺的。这是个好事情，因为当时竞争激烈，教授们都努力想要为他们的研究生及研究项目争取国家科学基金会的拨款或者其他类型的基金。话说回来，诺贝尔奖仍然是顶级的表彰，对获奖者来说，大多数时候都能为其营造积极的行业氛围。虽然诺贝尔奖对基金申请过程是否起到了推动作用无从确认，然而毫无疑问的是，斯坦福大学物理学系所获的诺贝尔奖像果蝇一样越来越多。

我执教的公立学校在斯坦福大学的校园里，我的学生还太小，没法理解到底发生了什么。

一个学生问道："是不是就像在奥林匹克传递火炬那样？"

"并不完全是。"我回答说。

"他到底得了什么？一个奖杯吗？我得过很多足球奖杯，大的小的都有！我也有棒球的奖杯。"

"不是的。他得了一枚金牌，因为他解释了一项科学实验。"

"我也可以！他解释的是什么？"

"我会让他来告诉你。"我许诺道。罗伯特最后确实来到了班上，但是他最后不知怎么讲到黑洞和机器人吸尘器上头去了。班里挤满了想要听罗伯特诉说获奖细节的老师和家长，让我的学生们大吃一惊。

我们是怎么听说这个消息的？我什么时候去斯德哥尔摩？我会穿什么？我可以带上嘉宾吗？12月的时候谁会替班来教两个星期？我会做好课程的计划还是要代课老师自己负责？谁会是代课老师？简直有太多的课程内容了！他获得的是和平奖还是物理学奖？我们的家长会怎么办？它们会被取消还是怎么样？你不在的时候还会有作业吗？我的孩子可不那么把代课老师放在心上。

"我在广播中听到的罗伯特是你们家的罗伯特吗？"校长加里·普雷恩（Gary Prehn）问我。

"是的，我想我12月的时候可能要请两周的假。"我脱口而出。

"我确定，这个地方没人会反对。恭喜！"他回答。

度过了繁忙工作的一天，晚上，我们都挤进车里，前往爱德华和佩吉·埃斯伯的家，家人们在夜幕下尾随我们一同前往。托德和纳撒尼尔在车里依旧一副状况外的样子，不知道该作何反应。他们其中一个说道："我猜我不用再跟别人证明我有多聪明了。"我回应说："不，你还真用。"两个儿子似乎都对学校的功课心不在焉，不感兴趣。他们那个学期得到的学分都不高。他们的老师也没有通融，在因去斯德哥尔摩而缺课的那周，几个老师也没有给他们补交作业的机会。直到今天，我也不能理解他们为什么不愿意通融。

我们到了埃斯伯家。他们家宏伟的大理石门口放了一本访客留言簿，上头贴着罗伯特高中游泳队和水球队的照片。房子里很快就挤满了将近一百位亲朋好友和斯坦福大学的同事。往届的诺贝尔奖得主道格·奥谢罗夫和他的太太菲利斯（Phyllis）也参加了聚会，给了我们一些建议。我记得菲利斯悄声对我说："你需要几件长裙。甭担心。我都可以，你也没问题！"

我们观看了罗伯特在1998年4月30日于费城获得富兰克林奖的一段纪录片。那个奖项的证书上写道，罗伯特的获奖是基于他"对分数量子霍尔效应的创新性理论公式化，该效应确认了高度相关的二维电子气在磁场中全新的量子状态"。大家让罗伯特讲几句话，他最后说了一句希望大家记住的话："相信世界的奥妙，相信物理在其中的作用。"这句话让我想起我们收到的兰迪·温家腾（Randy Weingarten）博士手写的一句妙语。温家腾博士是帕罗奥多的一位心理医生，他的儿子凯（Kai）和纳撒尼尔同是少棒队的队员。"谁会想到，你这个每周六下午和我一起观看儿子在少棒队比赛并分享欢乐的人，正在安静和善地改变人类看待物质和宇宙的方式。"

10 月 17 日

菲利斯·奥谢罗夫的一席话对我这个素来穿休闲户外装的人是一种警醒：我才意识到，我对于斯德哥尔摩的着装要求毫无概念。为了弄明白这一点，我邀请邻居希拉·沃尔夫森（Sheila Wolfson）来做客，她在前一年作为嘉宾参加了诺贝尔奖的颁奖活动。她带来一段仪式视频，还有庆祝活动的相册。我让婆婆和我一起观看，在我们惊呼了好几声"我的上帝啊"之后，我们匆匆忙忙赶去了诺思通①的停车场。加州人一向对时尚没那么讲究。你很少会在餐馆看到有人系领带，很多加州人一年十二个月都穿着短裤和人字拖。我决心先解决着装的问题，我也确实做到了。奇妙的是，我不久前刚收到了一本服装目录，封面上是一件黑色丝绒刺绣的红裙，搭配一件黑色丝绒上衣和一件红色缎面的披肩。收到获奖通知的一周前，我曾把这页封面拿给我的嫂子玛格丽特·马丁（Margaret Martin）看，开玩笑地告诉她说："罗伯特喜欢红色，这就是我要穿去斯德哥尔摩的裙子。"当接到斯德哥尔摩的通知电话之后，她和我一样惊诧不已。实际

---

① 诺思通（Nordstrom），美国的一家连锁购物商场。

上，我后来在诺贝尔奖颁奖典礼上穿的正是这套服装。

希拉建议我带上三套晚礼服。她说，瑞典的国王和王后希望人们能穿着亮丽地参加诺贝尔奖的颁奖典礼。想必是因为到了冬天，斯堪的纳维亚的白天太短，夜晚漫长而阴郁的缘故。因此，买好了一套，还要再买两套的时候，我去了一家泰国的丝绸面料店，决定做两件前胸敞开的短外套，可以穿在我的丝绸和塔夫绸无袖晚礼服外面。这种穿法很保守，但也不乏新意，因为面料简直太美了——一件是绿松石色配上金色，另一件是点缀着金黄色的白色。接下来就是和设计师进行一系列疯狂的试装，不光要试晚礼服，还有里头的衬裙。一件正式的晚礼服必须在你跳舞的时候沙沙作响，所以还需要产生蓬松的效果，还得有合适的鞋子。至于让衬裙在里头不停摩擦你的腿，这个难以满足的要求就是题外话了。晚礼服必须得沙沙作响。这让我想起了一位诺贝尔奖获得者的太太关于衬裙的故事。故事发生在一个周日夜晚。到华盛顿参加白宫招待宴和瑞典大使馆设办的晚宴时，她本来打算穿一件黑色蕾丝小礼服，却发现将她的衬裙忘在了家里。那件裙子没有衬裙是没法穿的。因此，几通高层的走后门电话之后，华盛顿的一家百货商店开门了，一件衬裙被买下来并送到酒店。这些最后关头的内衣置装说明"这是你大出风头的时刻"，但是下一次要记得带衬裙。关于内衣的痛苦经历足以另写一本书了。丝毫不夸张地说，为了诺贝尔周的正式活动，所有诺贝尔奖得主的太太或者女性诺贝尔奖得主多多少少都会有关于采购内衣的痛苦经历。这仅仅是有幸参加这个活动本身要做的一点小牺牲。在接下来的一章里，我会就连裤袜问题进行深刻翔实的讨论。

10 月 18 日

到了诺思通之后，我和婆婆吃了顿午饭来平息情绪。接下来我们心血来潮地买了两件《歌剧魅影》里那种黑色的天鹅绒风帽斗篷。现在回想起来，如果当时买的是两件毛皮衬里的黑色天鹅绒斗篷，配上 L. L. Bean①的毛皮靴子、手套和围巾，或许是个更理智的投资。我们想不到，刚到瑞典就碰上了暴风雪。

"不错。我们确实需要那些斗篷。"我们异口同声地说。

"我们还需要什么来着？"佩吉小声问道。

"我不知道。"我说。

一阵沉默。"黑裙、黑裤子和丝绸衬衫最保险，准不会错。"她聪明地一语道破。

"没错。"我表示同意。紧接着我们就去往梅西百货继

---

① L. L. Bean，美国著名的户外用品品牌，创始于 1912 年。

续寻觅。我们需要找个购物顾问商量吗？是的。我们知道我们要问什么吗？不，我们要找的是保守的时尚风格，管它到底是什么呢。

10 月 19 日

已经到了要为我们的斯德哥尔摩之行逐条列出需要做什么的时候了。我需要看到事情尽在掌控的迹象。显然现实并非如此，但是看到一些清单列表总是能让我的心情平复下来。我和罗伯特从早到晚都以疯狂的节奏忙碌着。我们主要关心的问题是拿到诺贝尔奖晚宴和接下来舞会的足够门票。是否有人数限制？颁布诺贝尔奖的组织者建议控制在十人以内。可光我们俩想到的就有34个人：我们的兄弟姐妹及其伴侣，还有我们的侄子和侄女们。有多少亲戚要去参加？我打电话给我的兄弟姐妹还有罗伯特的家里人，向他们解释说，我们当然欢迎他们前往，但是在尚不知晓哪些活动是他们能够参加的时候，我们还不想让他们飞越半个地球。当纽约的一位代理人打电话问罗伯特需要多少个座位时，罗伯特预订了11个北欧航空公司（SAS）的座位。这是我们在得知获奖的六天之后预测的最合适数字。事情以光速般的速度推进，每天要做决定的事情应接不暇。罗伯特被要求向斯德哥尔摩递交自己的照片，他跑去联邦快递金考快印（Kinko's）照了一些。他还要写个自传。

"你才47岁。"我不解地说。

"让我寻思一下。"罗伯特快速地回答。他写着写着，最后写出了一篇轰轰烈烈的自传，现在就放在他的网站上。

10月19日是罗伯特正式接受诺贝尔奖的一天。我冷静地提醒他，而他已经忘记回复接受奖项的邮件。小细节淹没了大细节，我们有太多的事情需要厘清。我们当年举办婚礼的时候，我的父母住在东海岸，而婚礼却在西海岸斯坦福大学的小教堂举行。我不禁纳闷，我的妈妈是如何在3000英里之外成功掌控婚礼错综复杂的细节的。

"她有诺曼底入侵攻略图，"罗伯特平淡地说，"就是那张涵盖所有可以想到的细节和可能出现的小故障的四英尺乘以四英尺的攻略图。她没准儿现在还留着呢。"

将所有的细枝末节都视觉化是我从母亲那里遗传来的能力。于是我在墙壁大小的图表上做了不同颜色的图形标注：

　　活动：谁？内容？地点？联系电话。着装要求（男士的白领结、燕尾服、鞋子和衬衫尺寸）。旅行计划。下飞机之后的交通。旅馆计划。旅馆联系电话。我知道的和还不知道的问题。需要邀请的特别嘉宾。食物过敏。宫廷礼仪。宫廷礼仪？

有时，退后一步深呼吸一下是必要的。这一切太让人应接不暇了。我知道的第二个好办法是去买双鞋。我买了一双搭配晚礼服穿的金色平底鞋。我知道到时要长时间站着，平底鞋要比浅口高跟鞋好穿多了。我没想到的是新鞋有多滑，尤其是走在宫殿内抛光的镶木地板上时。关于这个失礼行为，我会在第九章"与国王共进晚餐"一章中细说。

在我繁忙地填充我的规划图和努力工作的同时，我的朋友佩吉·埃斯伯带着我的婆婆去挑晚礼服。要牢牢记住，要晚礼服，还是要晚礼服。决定一件晚礼服是否别致舒服，是否足够正式，颜色和款式是否都合适，这本身就是一门艺术。佩吉·劳夫林女士最后选了一件优雅的紫色晚礼服搭配短外套——紫色代表智慧。

当天的晚些时候，斯坦福新闻服务办公室的杰克送来了一些罗伯特在10月13日接受采访的音频和视频，就是罗伯特连续说了20个小时的那一天！

10 月 22 日

我和罗伯特这一周筋疲力尽。我们睡眠不足，焦躁地试图弄清各项活动有多少张门票。我们从1997年的诺贝尔奖获得者比尔·菲利普斯（Bill Phillips）那里收到了一封很有帮助的电子邮件。他给了我们方方面面的实用建议，尤其建议我们对于门票的问题要保持耐心。我记得他说，在他获奖的时候，他想知道"物理学的粉丝"都在哪儿。然后他的太太简（Jane）反驳说："比尔，你一个'物理学的粉丝'也不会认识，因为她就站在你面前！"

几年之后，我和简在于德国博登湖畔举办的林道诺贝尔奖得主大会上相识。说到内衣外衣的问题，鞋有多难走的问题，还有礼仪上的问题，我们笑成了一团。我们半开玩笑半认真地心想，在诺贝尔奖公布的当天，为什么不将"瑞典礼服入门者生存指南"（Swedish Survival Kit for Gown Beginners，SSKGB）用联邦快递寄给获奖者及其家属。这本回忆录，其实就源于那段对话。

就在这个早晨，我们终于得到通知，我们得到了诺贝尔奖颁奖仪式的额外座位！事情进展得不错。现在我们需要做的，就是敲定我们的嘉宾名单。同时，罗伯特收拾行李，坐上了当天早上五点的飞机，去佛罗里达参加一个会议。

10 月 23 日

罗伯特到塔拉哈西参加周末的会议。诺贝尔奖的共同得主霍斯特·施特默也在那儿，罗伯特看到他后兴奋极了。他们俩凑到一块儿的时候，总是笑态百出，这次也不例外。施特默告诉罗伯特，在早些时候的一场招待会上，一个年轻人走过来和他说:"哦,你就是施特默。我的论文导师和我说了你的一切工作。简直太棒了,我敢打包票你总有一天能获得诺贝尔奖。"

施特默说他当时微笑着回答:"真能那么好?嗯,可能你说得没错。"

当罗伯特在佛罗里达开会的时候,我在家继续填充我的规划图,并且向斯坦福的教授、前同事及家人发送邀请函,希望可以得到确认的消息。最终的嘉宾名单最晚要在11月6日递交给斯德哥尔摩。

10 月 24 日

这一天以一场猛烈的暴风雨为开端。早上,我在那家泰国的丝绸店里将面料扔得满桌子都是,期待着神迹降临。结果徒劳无功,我回到家,和桑迪·菲特通了个电话。罗伯特这周早些时候就和桑迪通过电话,他已经住院,在锁骨下方安装了一个心脏起搏器。罗伯特让他(完成手术后)跟我们一起前往瑞典。我提醒罗伯特,对于一个安装心脏起搏器才三个小时的人,此刻可不一定想听到这样的消息。但是罗伯特还是打给了他。桑迪有那么一点儿昏昏沉沉,不过还是告诉罗伯特,他很乐意和他的朋友琳恩(Lynn)同行参加。今天接到桑迪的电话,看来他没把罗伯特的邀请当成幻觉。罗伯特可是真的邀请了他。我重新和他确认，告诉他我们很高兴他能和我们一同参加。

这个下午我是和我的服装师一同度过的。她是个活力四射的人，有一堆孩子。我在她家的车道上遇到了她的大儿子，他踢了一阵子足球，当时从头到脚都是泥巴。这个小伙子仿佛是发明了一种方法，一按开关就能让以五个街区为半径的范围内的所有人都被喷脏。我浑身湿漉漉地见到芭芭拉（Barbara），和她讨论我的两套晚礼服、外套及衬裙，还有金色的轻便舞鞋。这一切都像是梦境，仿佛另外的一个阿妮塔正在经历这一切。我的生活似乎开始围绕这些看起来平常的琐事打转，这也仅仅是我对于一系列不可控的未知事件所能做的力所能及的准备了。

10 月 30 日

马茨·约翰逊傍晚时分来到我们家。正是他在最终决定物理学获奖者的瑞典皇家科学院成员面前介绍了罗伯特的情况。这是个漫长而保密的过程，那些被提名的人的资质将由瑞典的物理学家和对所涉理论和实验熟悉的人进行缜密审查。马茨告诉我们，物理学奖被看作诺贝尔奖中最重要的奖项。他还告诉我们，我们即将面临寒冷的天气，还有辉煌的夜晚和豪华轿车服务，会被指派一名对斯德哥尔摩熟悉的全日专属司机。我们还会被分配一名随员，对方整个斯德哥尔摩之行都会与我们形影不离。这名随员会给我们"日程表"。马茨和罗伯特很合得来，他温和的举止很多时候都能让我们镇静下来。我们邀他出去喝香槟庆祝。

11 月 1 日

罗伯特48岁的生日！我们做了南瓜饼来庆祝，罗伯特的妈妈送给他一本关于青少年约会的书，托德把那本书拿到了自己的房间，然后我们就再没见过那本书的踪影了。早餐的时候，罗伯特让我坐下，说有新的事情发生，这可没在我的主规划图上。

"我可再没半点儿时间了。"我抱怨道。

"这是一个晚餐邀请。"

"那还可以。"一顿普通的晚餐我还是能应付的。

"去华盛顿的瑞典大使馆。"

"什么？华盛顿？"

"瑞典大使馆，还有别的。我们首先去白宫与克林顿一家一同参加私人招待会。不是正式的，但是我觉得可能会挺正式。我是这么想的。"

"我明白了，"我回答说，"那是什么时候？"

"11月24日，感恩节那周。所有美国的诺贝尔奖获得者及其伴侣都被邀请参加。我们甚至还要自己付机票去参加。"

置装的紧张症又复发了。白宫下午的招待会是"正式或非正式皆可",瑞典大使馆的晚餐可能"更正式",这到底是什么意思？我猜我需要两套衣服。这意味着罗伯特需要一套新西装，并且要为当晚租一套燕尾服。罗伯特的妈妈回答了两个词——"钉珠外套"。接着我就开始寻找一条黑白裙子，以便那晚可以在外头穿着黑色的钉珠外套。我现在满脑子想的都是置装的事情。与此同时，罗伯特骑自行车去了一家租燕尾服的店，为出席华盛顿的晚餐租了一套燕尾服，并且为定制参加斯德哥尔摩的活动要穿戴的白色领带和燕尾服量了尺寸。他将托德和纳撒尼尔也带去量尺寸。我们最终收集了两英尺厚的文件夹，里头记满了服装问题，包括家中每个男性的测量尺寸和嘉宾的尺寸。最后，罗伯特尽职地把这些信息通过电子邮件发给斯德哥尔摩，这样，正确尺码的白领带和燕尾服就会在那里等着他们了。我们的亲友嘉宾名单看起来快达到30人了。

11 月 4 日

今天早上，一个正在制作一部瑞典纪录片的人连同几个自由摄影师来到我家，就在我家的客厅里搭建工作室。他们采访了罗伯特，接着录下了由他作曲并演奏的五首钢琴鸣奏曲中的一首。罗伯特的音乐才华总是与他在物理方面的想法相辅相成。在家工作的时候,他总是在钢琴凳和书桌椅之间来回走动。纪录片的制作人告诉罗伯特,这部纪录片的观众将有七亿人。幸运的是,罗伯特在听到这个之前完成了他的奏鸣曲演奏。他们跟着罗伯特进入他的办公室,拍摄他和学生相处的场景。之后,他们拍下一张罗伯特与桑迪·菲特在校园的一片桉树林里对话的照片。制作人喜欢罗伯特的想法,用玻璃本身作为视觉图像,透过校园四楼的一扇窗户拍了一张照片。后来还收录了拍摄静止的水的照片。罗伯特早早回到了家,尽管筋疲力尽,他还是弹了几小时钢琴。

11 月 7 日

我们提交了最终的嘉宾名单,一时觉得事情在我们的控制范围内了。我们邀请鲍勃·巴斯和安妮·巴斯来家里喝香槟。当时,鲍勃·巴斯是斯坦福理事会的主席。除了在宣布获奖者的时候赠给我们一束美丽的象牙色花束外,他们之后还送给我们一颗漂亮的斯托本水晶苹果,寓意为"牛顿的苹果"。当天晚上,他们慷慨地请我们在帕罗奥多的斯巴格(Spago's)餐馆就餐。鲍勃·巴斯之后回想说:"你(罗伯特)打电话给我,告诉我你认为要带去斯德哥尔摩的东西，包括安妮要带上'时髦的'（in）或'旅馆的'（inn）裙子。我问了半天才知道你说的是'n'条裙子，'n'是个变量啊。"

11 月 14 日

今天我们通过电子邮件认识了我们的随员阿贾·林德（Aja Lind）。诺贝尔奖得主的随员队伍是经过认真挑选的精英团队，他们会说多国语言，对诺贝尔奖的礼宾了若指掌。我们最后的一艘救生艇！

第一个请求，我请阿贾为随我们同去的人预订不同晚上的晚餐，尤其是在我们不能陪他们的时候。我这时当然要回头看我的规划图，看看谁什么时间在哪里，并且需要安排晚餐，因为我们希望所有的嘉宾都能互动。现在来看，我们有26个从美国各地前往斯德哥尔摩的嘉宾。我们让阿贾自行选择餐馆。我同时还让阿贾帮我在斯德哥尔摩预约她最满意的理发店。我们现在厘清了参加不同活动的嘉宾人数，然后又弄出一张附加的活动图，标注出参加不同活动的嘉宾，以保证我们的所有嘉宾都有机会随我们参加一些活动。这简直是一场极其复杂的戏法，让我和罗伯特忙得不可开交。

我的两件晚礼服终于做好了。接下来，我的任务是找到搭配它们的珠宝，还要我能负担得起的。当然，我不能像奥斯卡提名的女演员那样，向哈里·温斯顿（Harry Winston）借80克拉的钻石项链和相配的脚趾环来搭配我的晚礼服。但是，为什么不可以呢？毫无疑问，诺贝尔奖晚宴（参加者需要收到邀请，而且全欧洲的人都想去）就好像奥斯卡金像奖一样赫赫有名。对于借珠宝这件事情，物理学家的太太的诚信度可不输给好莱坞的女演员啊！

另外，我们一家四口需要更多的行李箱，我们家的男人们都需要西服、衬衫、领带、袜子和皮鞋。我都是在半小时的老师家长见面会的间隙去采购的，这些工作都要在感恩节和我们飞去华盛顿之前完成。罗伯特一边在教本科生，给物理题评分，一边差不多写完了他的自传。我们下周就要飞去华盛顿，脑海里出现一个问题：莱温斯基丑闻发生后，克林顿还会在白宫吗？

第三章 华盛顿特区的美国诺贝尔奖 得主招待会

"护照，护照，我们千万要带上护照！"罗伯特提醒我，"没带护照就过不了白宫的安检。他们给我发了九次电子邮件提醒我！"我们于11月23日飞往华盛顿，打车到了瑞士酒店旗下的水门酒店。我们的套房太棒了，淡淡的绿白条纹壁纸，侧面是花窗帘。窗户下方是波光粼粼的水面。我们一进套房，歌剧音乐响起，灯光渐暗，床已经铺好。一个盘子里头装满包括波森莓在内的新鲜水果、矿泉水和一束娇嫩的花。我们还收到了瑞典大使的慷慨礼物——一对水晶香槟杯，它与我们之后参加诺贝尔奖晚宴在桌上看到的杯子风格相同。罗伯特一反常态，抓起电话，冲动地订了一瓶75美元的香槟，还有一些相配的晚餐。我们啜饮着香槟，外边的水面闪着金光。

第二天早上我们睡到很晚，大概正午的时候，我们参加了一场瑞典的新闻招待午餐会，是瑞典大使罗尔夫·埃克乌斯（Rolf Ekeus）体贴地为诺贝尔奖获得者安排的。三位物理学家、三位医学奖获奖者和一名化学家与其伴侣前来回答记者问题。之后我们坐下来，吃了些三文鱼和果汁冰糕。我坐在罗伯特的共同获奖者崔琦旁边。崔琦尽管受到心脏问题的长期困扰，喜悦之情仍溢于言表，充满了男孩般的活力。罗伯特与霍斯特·施特默坐在一块儿，他们俩自然而然地在午饭的时候又笑成一团，尽管霍斯特的太太多米尼克（Dominique）尝试坐在他们俩中间缓冲一下。午餐即将结束时，我们收到了来自白宫的"最新的行程表"。克林顿一家要求我们"不要穿正装"。太太们四下对望，面露难色。接着一对对儿都回到了房间，花一下午的时间讨论到底要穿什么。

下午五点四十五分，我们都聚集在水门酒店的大厅，随后坐上了一辆小巴士。瑞典大使及其太太的豪华轿车将我们直接送到了白宫东翼。我们的车停在警卫室，熄火后，一只护卫犬绕着我们的巴士嗅了十分钟，确认没有炸弹。明白确认之后，我们下车，进入警卫室，出示我们的护照，走过一扇金属探测门。霍斯特·施特默翻找了他的外衣口袋，他忘记带护照了。多米尼克记得带上了她自己的护照。我们被提醒了九次要带上护照。因此霍斯特·施特默受到了其他获奖者的一番笑弄，直到警卫通融，他才进去了。毕竟嘉宾名单上有他的名字。

我们继续往里走，上了一些台阶，又走下一段红地毯，进入走廊尽头的一间接待室。房间里挂着林肯的肖像，前头有海军弦乐四重奏的演奏。房间四处布置的鲜花艺术而别致，馨香馥郁。房间中心的圆桌上放着装有冰茶、瓶装水和油腻蛋糕的容器。我觉得简直就像是不得要领的美国人想要提供一顿英式下午茶。我们被邀请参观这层的各个房间。每个房间的门口都有军方人员讲解房间的历史、家具和里头的肖像。我被杰奎琳·肯尼迪·奥纳西斯（Jackie Kennedy Onassis）的官方肖像所吸引。她仿佛幽灵般穿着一席白色长裙，目光洞穿房间直到更远处。我们经过红房、蓝房，又走到绿房，华盛顿纪念碑出现在每个房间的窗外，仿佛一直在警觉地跟随着我们。

我们到达之后不久，希拉里·克林顿一个人走进招待大厅。她身材娇小，对男性获奖者热情亲切。她告诉罗伯特，她刚刚从中美洲回来，罗伯特回答说我有一个驻扎在海地和平队的亲戚，这位亲戚告诉我们，海地这个国家已经成为荒漠，成为一片生态灾区。希拉里表示同意，她说从空中俯瞰就能看出这一点。希拉里与每位诺贝尔奖获得者进行了简短交谈，她没有理会房间里的女性，仿佛消失在白宫的某扇隐形大门后，这时克林顿走了进来。总统在嘉宾之间游走，让每个人都倍感亲切，他微笑着感谢获奖者所做出的贡献。他做了一番简短的演讲，直接引用了罗伯特写在斯坦福校友杂志上头的一段话。罗伯特在文章中说，他对父母那一代非常感激，因为有了他们对科学事业做出的资助，他的发现才成为可能。克林顿就此评论说，如果我们的政府不继续对科学事业进行资助，我们的后代将尝到恶果。当克林顿走下讲台的时候，他看到了我和罗伯特，他好几次搂着我的肩膀拍照，照片我到现在还没有看到。我穿着一件宽松的方肩驼色羊毛外套和一条百褶裙，不幸的是，那让我从后头看起来有点儿像埃莉诺·罗斯福（Eleanor Roosevelt）。克林顿没有被我一副女权主义者的样子吓到，他看起来年轻友好，谦逊朴实，像是在你需要的时候，就可以欣然从车库里拿出割草机借给你的那种人。他能与人很快拉近关系，这着实是一种才华。我们待了大概一个半小时，与其他的客人攀谈，包括美国航空航天局的主管、卫生局局长，还有克林顿的科学顾问阿蒂·贝恩斯多克（Artie Bienenstock），他现在就住在斯坦福，在我们家的对面。

我们一起被送了出去，路过嗅炸弹的狗，回到我们的小巴士里。我们被迅速送回酒店，并被告知有二十分钟的"休整时间"，这意味着十分钟的乘电梯时间、五分钟的穿丝袜时间，加上五分钟的咒骂时间。你可以想象，这项任务是不可能完成的。倘若我们之前就知道这项胡迪尼的任

The Ambassador of Sweden
and Mrs. Rolf Ekéus
request the pleasure of the company of
Professor and Mrs. Laughlin
at a Dinner
on Tuesday, November 24, 1998
at 8:00p.m.

Black tie   3900 Nebraska Ave. N.W.
R.S.V.P. (202) 467 2623/2611   Washington, D.C. 20016
To remind

23 November 1998

Professor and Mrs Laughlin,

Most warmly welcome
to Washington D.C.

Rolf and Christina Ekéus

瑞典大使夫妇邀请我们在华盛顿出席晚宴的邀请函

务[①]，我们就会穿好晚宴的衣服，套上风衣去白宫了。

我们再次上车，气喘吁吁地前往大使埃克乌斯及其太太的豪华住宅，就在阿尔·戈尔（Al Gore）家的旁边。他们家的门口像停车场一样拥挤，我们上气不接下气，似乎是最后一批到达的客人。大使的房子让人印象深刻，里面人头攒动，我们真的是被一点点挤进去的。嘉宾名单读起来仿佛是"华盛顿政客群雄传"。我们拿着香槟，大使直接带我们去见首席大法官威廉·伦奎斯特（William Rehnquist）。威廉·伦奎斯特具有一种巫师般的神秘感，高高在上，好像是《哈利·波特》中的邓布利多教授。罗伯特认出了他旁边的乔尔·克莱因（Joel Klein），打招呼说："噢，你就是乔尔·克莱因。非常高兴认识你，你参与的微软诉讼简直太重要了。"

克莱因转向伦奎斯特，说道："知道吗？这家伙不像看起来那么闷。"

克莱因是微软反垄断案中的联邦检察官，最后他败诉了。和其他教授的想法一样，罗伯特认为通信标准不应该被垄断。这也是促使罗伯特写他的第二部书《理性的罪行》

---

① 哈利·胡迪尼（Harry Houdini）出生于匈牙利，被称为史上最伟大的魔术师、脱逃术师及特技表演者。这里"胡迪尼的任务"暗指像胡迪尼一样在短时间内完成多项任务。

（*The Crime of Reason*，2008）的动力之一。

伦奎斯特的旁边还有大法官鲁斯·巴德·金斯伯格（Ruth Bader Ginsburg），他关切地询问我们是怎么撑过这次华盛顿之行的。我还没来得及回答，海啸般汹涌的嘉宾就开始朝我们涌过来，将我们顶进用餐室。每桌都安排一位获奖者就座，每桌的客人都被要求写下三个问题，待会儿将在晚餐的时候询问获奖者。我们很快入座，并被介绍认识同桌的其他人。这些人当中包括神采奕奕的迈克尔·海曼（Michael Heyman），他是加州大学伯克利分校的校长，同时也是当时史密森博物馆学会的主管。作为伯克利分校的校友，罗伯特与他谈论伯克利的旧时光。我们与瑞典新闻界人士同席，其中还有一位瑞典的矿业专家，他教我和罗伯特如何在瑞典的活动筵席上祝酒："Skoal（干杯）!"当晚，他让我们满怀热情地排练了至少43次。坐在我右边的是一位声音柔和的热情男士，原来他是《纽约客》的专栏作家威廉·萨菲尔（William Safire）。他曾经担任尼克松政府的新闻官，是个高超的健谈者。当我告诉他我是一名教师时，他说："哦，你冲在前线啊。"这句话让我沉吟了一下。他有一连串的问题要问罗伯特，他们讨论突现论。这后来发展成罗伯特第一本书《另一个宇宙》（*A Different Universe*，2005）的主题。罗伯特解释说："突现论的中心思想是，物理法则多源于系统，如同印象主义画作的绘制方式，如果你将其拆分，想要搞清楚各部分是如何运作的，那它将不复存在。"

我们享受了美味的三文鱼、刺山柑、牛肉和土豆，还有盛在糕点壳中的冰淇淋，接着还有白兰地和利口酒。之后是问答时间。有人问罗伯特："你认为我们会很快有统一场论吗？"这个问题暗指爱因斯坦对于宇宙的设想。

我记得罗伯特这样回答道："不，此类理论目前无法通过实验证伪，纯粹是科幻小说。就是这样。"房间陷入安静。

"你确定吗？"罗伯特坐下的时候我问他。

"我确定。"

第四章　前往斯德哥尔摩

　　突然间告诉你的亲戚，你获得了诺贝尔奖，他们可以和你一同去斯德哥尔摩庆祝，这会有那么一点儿麻烦的地方，因为他们先是情绪上会受到冲击，紧接着还会受到开销上的更大冲击。一阵阵冲击波似乎在向我的丈夫袭来。为了预付去往斯德哥尔摩的费用，受邀嘉宾可事先征求获奖者的允许，用获奖者的奖金账户来支付他们的一部分开销。但如果受邀的亲戚事先就兴致勃勃地在自己的银行账户中存钱了，那就不适合这样做了。这对于诺贝尔奖组委会的工作人员无疑是个令人头疼的会计问题，但是他们会竭尽所能并机智得体地帮助获奖者。

　　12月4日，我们坐上了一辆加长豪华轿车，前往旧金山国际机场。车上有霓虹闪烁的迪斯科吧台，在大清早六点钟看起来可不怎么诱人。坐豪华轿车是托德的主意，可惜他一路睡到了机场。我们带上了所有的行李箱，我小心地将提行李的差事都交给了男士们。前一天,我去做了美甲。12岁的时候,我第一次用了几滴食用色素涂指甲,使我的手指留下了持续几周不褪色的污渍。打那儿之后,我还没涂过指甲。我在拉贝尔(LaBelle)水疗中心的美甲师罗斯(Ross)向我保证,只要不洗碗、不拉拉链或者不用力刮擦指甲,我明亮的红宝石色指甲可以保持两周。所以,我像躲避瘟疫一样对这几样事情敬而远之。

我们到达芝加哥奥黑尔机场的国内航站楼。对于我们这些自认为聪明的人来说,寻找国际航站楼居然是个让人怒发冲冠的考验。我们瞎子给瞎子引路一般,找到了北欧航空公司的登机口,73岁的父亲买了一个芝加哥热狗并带到了登机口,以此庆祝他徒步走过五英里,经过十座无标志的航站楼。

"先生,您不能把它带上飞机。它要单独通过X射线检查。"安检人员提醒他说。

"为什么?"我的父亲气冲冲地问。

"所有的热狗都要通过X射线检查。"

作为一名遵纪守法的美国公民,我的父亲放下热狗,与其并行往前走,让它通过传送带。过了一会儿,热狗上的番茄酱和芥末溢了出来,滴到前面的传送带上。父亲捡回他的热狗,于是我们去赶飞机。

我和罗伯特被分配到豪华的头等舱,亲戚们都高高兴兴地坐在后面的经济舱开派对。被介绍给机长时，我们都很高兴，罗伯特还为一名乘务员的女儿签了名。在美国，还没人管他要签名，把第一次签名留给一个瑞典的家庭似乎显得很合适。

刚到斯德哥尔摩的阿兰达机场，我们就受到了瑞典皇家科学院官员的礼遇，其中一位来迎接的是瑞典学院的负责人埃尔林·诺尔比（Erling Norby）。罗伯特、托德、纳撒尼尔和我被带到贵宾休息室，室内的桌子上堆满了鲜花和食物，还有玻璃瓶装的可口可乐。就在那里，我们见到了我们的随员阿贾·林德本人。整个行程我们都和她形影不离，直到现在，我们还会高兴地想起她来。她是个高挑纤细的年轻姑娘，绿眼睛忽闪忽闪的，笑起来美丽动人，我们的儿子都被深深吸引住了。阿贾为外交部办公室工作，另外还会前往世界各地的瑞典大使馆，帮助他们安装电脑系统。她聪明伶俐，善于表达，擅长沟通，我们很高兴整个行程能有她。

摄影师随即到达，我们以国王陛下的肖像为背景拍了照片。在我们休息之际，我们的行李被取出并通过海关，然后装进外头等候的豪华轿车。霍斯特·施特默和多米尼克从纽约飞过来，他们到达之后不久，房间里顿时充满生气。同时到来的还有医学奖的获奖者路易斯·伊格纳罗（Louis Ignarro）。三位男士照了集体照，这张照片之后出现在瑞典当天的报纸上。他们整个行程都嬉笑不停，他们的左右也其乐融融。我们都在纳闷我们的行李是怎么被神奇地找到的，我还担心我的一些行李会不会被送回美国呢。

我们走向我们的豪华轿车，那是一辆锃亮的黑色沃尔沃，仪表盘上标有车的编号Nobil-12。我小声对罗伯特说，我们的行李可塞不进去。果不其然，一辆出租车就停在沃尔沃的后头，我们的八个行李箱迅速塞满了后备箱。每位获奖者在行程中都被分配了一辆车和一名司机。我们四个忙乱地钻进沃尔沃，而司机莉娜（Lena）看起来很淡定。我们跟随霍斯特·施特默和多米尼克前往斯德哥尔摩，与远处的瑞典皇家科学院在夜色中擦身而过。我们惊喜地发现，一场暴风雪与我们同时抵达，山坡上银装素裹。说这里是仙境绝不过誉。阳光洒在亮晶晶的雪地上，邻近中午的这段车程美得无法言喻。锃亮的黑色轿车穿过雪地上铅笔一样笔直的白桦林，我们被震撼得说不出话来。

一座座线条圆润的桥梁连接一串串岛屿，深色的海水在桥下流动。这就是我们对斯德哥尔摩的初印象。渡船泊在码头，船上的旗子在上千道白光的照耀下飘扬。这是一座灯火辉煌、活力四射、雄伟恢宏的城市。斯德哥尔摩大酒店就坐落在市中心，面向瑞典皇宫和老城区。每年，这里都是到访的诺贝尔奖得主及其家人的乐土。尽管大酒店富丽堂皇，却也不失为一个温馨亲切的地方，提供的服务无可挑剔。我记得自己缩在一件黑色长大衣里，被带进斯德哥尔摩大酒店的大门，经过被灯光照亮的常青树。进去之后，迎接我们的是一名摄影师，还有护送我们去房间的饭店经理。我们住在五楼，我们的两个儿子住在左边的房间，佩吉的房间在我们右边，其他的亲戚住在走廊较远处的其他房间。我们所有的房间都面对宫殿，脚下的蓝灰色海水打着旋儿，上千道白色灯光在邻近中午时分还照亮着整个城市。我们的房间有七英尺高的窗户，下面的景色尽收眼底。我们打开窗户，让细小的雪花如仙尘一般飞进来。套房里布置着鲜花，巨大的果盘里盛放着各种巧克力。在来到斯德哥尔摩之前，我们和亲戚就填写了饮食喜好和过敏问卷。整个行程中，我们的喜好都得到了仔细照顾。我们的儿子在到达的时候，阿贾就确保房间里准备好了一大篮硬糖，她还试图给他们安装一台私人电脑呢。

罗伯特在阿贾的陪同下下楼去看这周行程的时候，我开始从行李中收拾出正装。阿贾给了罗伯特一大张打印纸，上头是我们一周的日程表，从早上八点到午夜，细分到每半小时。我们实在太累了，以至于没工夫想日程表的事情。我和罗伯特睡了一觉，晚上七点半时醒来，发现楼下街道的积雪更厚了，踩上去发出阵阵闷响。雪又连续下了四天。我们仿佛身在仙境，但斯德哥尔摩北边城镇的雪达到几英尺深，已宣布进入紧急状态。显而易见，斯德哥尔摩的雪下得有点超乎平常，但是这给我们的诺贝尔奖之行增添了一层童话般的迷人色彩。

晚上十点半，雪花在水面上闪烁，这时有人敲响我们的房门。敲门的人是罗伯特的妈妈佩吉，她拿了半瓶白葡萄酒来庆祝。她的欢乐感染了周围的人。我们订了晚餐，开始聊天，直到后来，我实在受不了光看着这美好的雪却不上去踩一踩。我和佩吉挽着手臂，出门走进夜色之中。瑞典冬天的白天从早上八点持续到下午两点左右。学生两点就放学。剩下的时间都是无边的暗夜。我和佩吉穿戴好大衣、靴子和手套，踏着几英寸厚的雪，沿着酒店的右侧走向歌剧院。我们贴着皇宫周边走着，丘比特的石头雕像在雪中嬉戏。头顶无边的白色亮光照亮了光滑的路面和每扇窗户，仿佛涌进城市的月光。乌黑的路灯柱与勾勒出每盏路灯和每根树枝的轻柔白雪形成了鲜明的对比。我们从皇宫跨过小桥，半路停下，看着脚下的水面。佩吉惊呼："谁敢相信，我走在斯德哥尔摩午夜的雪地上，而我的儿子刚刚获得了全世界最具盛名的学术奖？太不可思议了！"确实如此。

第五章　为诺贝尔奖晚宴写祝酒词

12月5日的斯德哥尔摩依旧在下雪，宁静的气氛让所有人都昏昏欲睡。这一天是我们的自由日，可以在城里转转。托德和他的外公决定待在酒店，享用这里的水疗设施，尤其是健身中心和桑拿。我父亲之后告诉我们，他被告知这里的桑拿令人欣喜的是男女混用的，他似乎在里头坐了好几个钟头，就为了等待一位高挑的金发美女走进去。同时，我和纳撒尼尔、佩吉、我的妈妈卡罗琳一同迎着风雪走向老城区。过桥的路陡峭难行，经过宫殿的人行道上结满了冰。我们把纳撒尼尔带上，以防我们当中有谁得被扛回去。老城区里正在举行一年一度的圣诞节工艺品博览会。博览会实际上是在几条鹅卵石路上举办，小路最终在一座建有简易木亭的广场处交会。商家在每间温馨的小亭子里出售各种各样的商品，包括木匙、草编的树上饰品、扫帚、手杖、圣露西娅娃娃、针织帽子、袜子和连指手套。我们喝了几杯又热又带劲儿的瑞典圣诞甜酒①，觉得有了底气，于是出手购物。我为佩吉、卡罗琳和我自己买了一套图案精美、色彩淡雅的木质烛台。每逢圣诞节，我们仨就把它们拿出来，回味一下我们的诺贝尔周。我们又喝了一些潘趣酒，这次里面漂浮着花生和葡萄干。吃过午饭，我们参观了几座美术馆，最棒的是，我们发现了一家斯堪的纳维亚毛衣店。身处雪中的瑞典，尽管因为行李空间不足，我得把它像头巾一样围在脑袋上才能带回家，我还是买了一件做工精美的蓝白色羊毛衫。从那时起，我就经常穿它，如同对待挚友一样，每次回到瑞典都会带上它。

回到酒店，我们叫醒睡了足足四小时的罗伯特、托德和托德的外公，又一起前往老城区，在我和纳撒尼尔之前看到的一家餐馆吃晚餐。这家名为龙宫的餐馆是一家温馨的中餐馆，墙壁上饰有桃花心木和象牙雕刻。餐馆中有很多绿色植物，给人一种身处水下世界的感觉。我们围坐在角落的大圆桌边。罗伯特还是想不出诺贝尔奖晚宴的祝酒词，一副悻悻然的样子。通常来讲，每个学科奖项都会选出一名代表祝酒。霍斯特和崔琦选出罗伯特担当这项任务。幸运的是，我的父亲当晚状态极佳。父亲毕业于耶鲁大学

---

① glogg，有点儿像美国的热伏特加潘趣酒。——译注

和哈佛大学，他是七分学者，三分百老汇艺人。这天晚上，他让我们七个笑了足足三个小时。他抛出了关于克林顿的笑话、伟哥的段子（诺贝尔医学奖得主发现了与伟哥功效相关的细胞信号传送）、桑拿浴室里的趣事、国王的"开场白"、秃头的笑话、显微镜的笑话等。罗伯特一句都插不进去。有趣的是，我们都在喝啤酒，只有我的父亲啜饮着出处不明的茶。

当父亲被问到罗伯特应该在晚宴上说什么祝酒词时，他建议说："大家都耐心地坐了三个小时了，男士卫生间这边走，女士卫生间那边走！还不赶快，就看你们自己的了！"他在暗指我们听到的传言：在晚宴上，国王离开之前所有人都不得离开。

当被问到该对国王说什么的时候，父亲回复说："我会直视他，然后问他：'国王整天都做什么？'"

我们问父亲在瑞典第一次蒸桑拿是什么感觉时，他回答："没看到所有人都坐得离我很近嘛，我在那里发现的护发素让女性为我疯狂啊。"

当天晚餐的气氛终于让罗伯特放松地坐了下来，写好即将在12月10日当着1300人及上百万电视观众的面要说的祝酒词。我们回到斯德哥尔摩大酒店之后，我建议用他最喜欢的作家马克·吐温的话作为开场。我的建议加上我父亲那一连串搞笑的话，让罗伯特用很短的时间就完成了他的祝酒词。正如所有优秀的作家那样，他用平实简单的语言表达了他所知道的东西。他以马克·吐温关于婴儿的话语作为开场，吸引观众的注意力。之后他明智地谈论了身为一名父亲要经历的考验，以及生养孩子要承担什么。结尾的时候，他表明他的讲话不是针对孩子的，而是针对所有养育孩子的父母的。他提到，他的父亲在他最著名的论文发表前几个月去世了。罗伯特请所有人都举起酒杯，向所有过世和在世的父母敬酒。当罗伯特在诺贝尔奖晚宴的讲台上祝酒的时候，在场的人都眼含泪花，包括坐在我旁边的男士们。不巧的是，霍斯特的父亲在霍斯特得知自己获得了诺贝尔奖后不久就去世了。我们也了解到，崔琦的父母在中国死于饥饿。因此，获奖的这三位男士都不得不面对养育自己成人的父亲已去世的事实。他们三个人一起出现在斯德哥尔摩的情景让人难以忘怀。

第六章　瑞典皇家科学院的晚餐及诺贝尔奖获奖演讲

　　12月6日，大雪依旧纷飞。我和罗伯特专注于阿贾给我们打印好的行程总计划。我们讨论了一下敬酒的措辞，然后与霍斯特和崔琦吃了早午餐。这顿饭是我们四人在斯德哥尔摩唯一的一次共餐。我们都多少有些睡不着，不过真是喜欢七英尺长的浴缸和羽绒被。到现在为止，所有的诺贝尔奖获得者都到齐了。斯德哥尔摩大酒店的大厅开始聚满来自世界各地的嘉宾，大家见面聊天，畅饮下午茶。

　　晚上五点到七点之间，斯德哥尔摩大酒店的一个房间里举行了一场非正式的招待会，需要诺贝尔奖获得者及其家人参加。在瑞典，着装术语"非正式"意味着男士要穿大衣系领带，女士要穿裙子或者套装。这个聚会相当于一次瑞典的动员大会，先是欢迎大家的到来，然后观看了一段诺贝尔奖颁奖典礼的短视频，我们有几个人情不自禁地啜泣起来，泪水沾湿了纸巾。纳撒尼尔和托德直直地站在那里喝饮料，显然一副漫不经心的样子。我们可以询问各种礼仪上的问题。关于在颁奖晚宴上不能上厕所的传言被确认是事实。国王在场的时候，任何人不得以任何理由离场。晚宴的时间精确到3小时25分钟，会提供包括香槟和餐后酒在内的六七种酒。卫生间就在同一层，可以在晚宴过后和正式舞会开始之前使用，舞会就在楼上，大楼梯的顶端。我看到我父亲坐了下来，用手帕擦拭前额，然后冲我的两个儿子眨了眨眼睛，仿佛在说："我没事儿的。甭担心！"

　　到12月7日的时候，纳撒尼尔和托德已经对种类繁多的房间服务了若指掌，看看他们房间里堆的一盘盘没吃完的芝士汉堡就能明白。酒店楼下提供的瑞典自助早餐简直棒极了，包括酸奶、鲱鱼、燕麦、熏鲑鱼、糕点和煮鸡蛋，但是我的两个儿子更喜欢多睡上一会儿，醒来后点汉堡来吃。我们的行程越来越满，阿贾和我的父母会时不时照看一下他们俩。到达斯德哥尔摩后，我的父母和兄弟姐妹参观了著名的瓦萨博物馆，更多的时候，他们会一起待在桑拿室里享受好时光。在从瓦萨博物馆返回的巴士上，我妈妈钱包里的护照被偷了，她向美国大使馆上报了这件意外，但是直到回到美国才让我们知道。两位年轻潇洒的瑞典警察来到她的房间了解更多信息，其中一位警察还给我那时做侦探的姐夫邮寄了一枚瑞典警察徽章。在斯德哥尔摩旅行总的来说是很安全高效的，所以这个意外确实不太走运。

12月7日下午，我和罗伯特被带到玛格纳礼堂（Aula Magna Auditorium），第二天的诺贝尔奖获奖演讲就在这里举行。诺贝尔奖获得者们查看了场地的布置，询问了他们讲话需要的设备。礼堂的棚顶是由上千块长度各异的木头拼接而成的，简洁的设计体现出非凡的精确度和优雅感。我们的行程被安排得井井有条，接着我们被送到物理学、经济学和化学奖获得者的第一场官方新闻发布会现场。经济学家阿马蒂亚·森（Amartya Sen）几乎成为这场发布会的主角，可能是因为与医药和物理相比，他的专业领域更接近大众。

我们又从这里转而前去参加瑞典皇家科学院的一场招待会。我们敬畏地站在这个如洞穴般空旷的房间里，每年诺贝尔奖得主的名字都会在这个房间里被正式宣布。房间里挂满瑞典著名科学家与科学院历任院长的真人大小的肖像。偌大的窗户外，晶莹剔透的雪覆盖了每棵树的每个枝丫，时间仿佛凝固了。

接着，我们被带进附近刷着鲜艳的野柠檬黄色的房间，里面挂着阿尔弗雷德·诺贝尔（Alfred Nobel）和著名的瑞典博物学家及植物学家林奈（Linnaeus）的宏伟肖像。我坐在斯蒂格·哈格斯特勒默和埃里克·卡尔松（Erik Karlsson）之间。过去的12年，埃里克·卡尔松担任诺贝尔物理学奖委员会的主席，今年是他担任此职的最后一年。斯蒂格·哈格斯特勒默担任国王的科学顾问多年，并在1999年的1月返回斯坦福大学教书。晚餐的时候，我弄清了诺贝尔奖的提名过程，大致如下：

2月：向全世界1000所大学发送提名请求。

5月：大约350所大学回应请求。

6月：最多30名候选人被选出。

7月：每个学科最多选出10人。

此时，五名瑞典皇家科学院的成员会审评每个学科候选者发表的论文。

8月：得出审评结果，但是还在保密中。

9月：瑞典皇家科学院成员投票选出获奖者。

10月：科学院的代表电话通知获奖者。

之前的诺贝尔奖得主每年也可以自己提名获奖者，如果他们愿意的话。这个耗时费力的过程终将获奖者们领入全世界最高级的专属俱乐部。

12月7日晚上，我的亲朋好友（共21人）在阿贾选择的一家名叫蒂沃利（Tivoli）的餐馆就餐。我和罗伯特在瑞典皇家科学院的晚餐包括贻贝汤、裹在酥皮里的小牛肉和蔬菜，以及杧果冰糕。晚餐即将结束时，我们正沉浸在著名的长笛演奏家古妮拉·冯·巴雷（Gunilla von Bahr）的演奏中，隔壁房间里已经准备好黑巧克力、白兰地，以及热气腾腾的咖啡。她演奏了一首模仿鸟鸣的曼妙曲子，之后还赠给我们一张她的CD。似乎在吹吐之间，她就为奶油色墙壁上的植物图案赋予了生命的灵气，让我们屏息，为之震撼。

12月8日，雪初霁。到了今天，我们算是找不到儿子和亲戚们的踪影了，而阿贾的总计划也进入了重头戏。与她的计划比起来，我的计划简直就是小儿科。我们当天的日程以在瑞典学院的午餐开始，食物包括瑞典式布丁——奶油烤土豆片和三文鱼，上面再浇上一层澄清的黄油。

午餐过后，我们被驱车送回斯德哥尔摩大学的玛格纳礼堂，发表诺贝尔奖获奖演说。礼堂里人头攒动。崔琦是第一个上去讲话的。因身体缘故，这是他很久以来第一次公开讲演，他语调缓慢，断断续续地讲着。我们一直都很担心他的心脏状况，但是我们要看他的妻子琳达的脸色行事，来决定要表现出多大程度的关切才算合适。说句题外话，十年之后，崔琦的身体日益好转，越来越焕发出活力了。

霍斯特是第二个演讲者。罗伯特坐在观众席间，对他的幻灯片做最后的修改。霍斯特用三位意大利男高音歌唱家——普拉西多·多明戈（Placido Domingo）、何塞·卡雷拉斯（Jose Carreras）与鲁契亚诺·帕瓦罗蒂（Luciano Pavarotti）的照片吸引观众的注意力。接着霍斯特将他和罗伯特及崔琦三个人微笑的照片嫁接在这些身穿燕尾服的男高音歌唱家的照片上，把罗伯特安在了帕瓦罗蒂的身上。霍斯特在他的物理学讲座里穿插了加里·拉尔森（Gary Larson）的漫画，现场笑声雷动（罗伯特笑得最大声）。其中一幅漫画是三个坐在树下的男人的线条画。一个硕大的苹果就要掉下来砸到其中一个人的脑袋上（我们猜想是牛顿）。霍斯特描述说这是"从地狱来的即将掉在罗伯特头上的苹果"。罗伯特无论如何也没法超越霍斯特演讲的精彩程度，但是他向年轻的观众们说了一番非常个人的话。这三个男人明显在极度兴奋中放松了下来，在结束的时候与观众聊天，为其在海报上签名。这一天行程的安排精确到分钟，每个人都准时离开，去参加安排好的一个电视采访。采访很顺利，并得到广泛传播。

接下来的行程计划让我想起了华盛顿之行：我们被飞速地送回斯德哥尔摩大酒店，只给了半个小时的时间换上晚上的衣服。事情的节奏越来越快。幸运的是，我已经在总计划上所有可能的角落标注出决定要穿的行头，因此哪怕只有半个小时，我也绝对不会落下什么。我甚至把衣服按照时间顺序在衣橱里都排列好，并且把鞋跟对着我，可以一蹬上就走。只要我们往前台打电话，50秒的工夫，酒店的衣帽男侍就会来取走要熨烫或修改的衣服。快速的服装保养是完全没问题的，一切都奇妙无比。

换过衣服之后，诺贝尔奖获得者及其伴侣就被带到了斯德哥尔摩大学，与校长、教职员工，以及诺贝尔奖委员会工作人员共进温馨的晚餐。值得注意的是，前来的女性很少，这让谈话有点儿困难（X–Y 染色体效应又出现了）。我对坐在我左边的迷人男士说，我自己并没有望子成龙般地想让我的两个儿子进麻省理工，因为我觉得那里接受的教育太狭窄了，接受同样分量的人文学科的教育也非常重要。我解释说，我们的大儿子纳撒尼尔喜爱化学和计算机，同时也是一个有天赋的即兴爵士钢琴家。他的弟弟托德拉中提琴，在棒球场上可以打出全垒打，同时也喜欢物理。这个坐在我左边的男士原来是瑞典技术学院的前院长。他之后站起来敬酒说："我刚刚和劳夫林太太聊过天，她可不把麻省理工等其他理工院校当回事儿（观众席传来笑声），因为她觉得这类学校的教育太狭窄了，我也有同感，希望我们可以为我们的学生们找到折中的办法。"我松了口气，拿起酒杯祝酒。在我们就餐之际，校长合唱团的一群学生为我们唱起挪威和瑞典的传统歌曲，我们陶醉在婉转的音乐声中。与此同时，我们的亲朋好友又在一起吃晚饭呢，这次是在一个名叫歌剧咖啡厅（Café Opera）的地方。

次日清晨，也就是 12 月 9 日，我和罗伯特凌晨三点钟就醒了。这欢愉的场景、外头动荡的灯光、清爽的空气、旋转的海水，以及酒精的残余效应汇聚在一起，让我们的脑袋彻底成为一锅糨糊。看过我们的总计划之后，我意识到，我至少还有点儿时间在我们的瑞典浴缸里泡上一会儿，于是我高高兴兴地在里头待了两个小时。这对于每一个参加诺贝尔一周行的嘉宾来说，都是不容错过的经历。

中午时分，佩吉·埃斯伯、纳撒尼尔、托德，以及托德最好的朋友保罗·埃斯伯和我们一同坐车开过滑滑的路面，前往美国大使的官邸，参加一个约一百五十人的得州风格的温馨午餐会，用餐者包括美国其他的诺贝尔奖获得者及其家人。林登·奥尔松（Lyndon L. Olson）大使及其夫人凯·奥尔松（Kay Olson）宫殿般的官邸里炉火通红，还有许多按照不同主题装饰的高大圣诞树，上头挂满银色的饰物和灯，将所有的公共空间都照得光彩夺目。奥尔松家族本是瑞典后裔，但是来自得克萨斯州的韦科（Waco），在那里，什么东西都是大个儿的！难怪，进门就看到守卫前门的真人大小的胡桃夹子木偶，装饰壁炉罩的胡桃夹子木偶稍小一点儿，午餐桌的上头也有军队般整齐一致行进的胡桃夹子木偶。午餐开始前，我先拿着介绍手册在屋里自己转了一圈，手册里头介绍了挂在房子四处的精美画作。

我们设想待会儿随时会有车那么大的烤肉架被推进屋里，上头放着烤排骨和剥干净外皮的玉米，而实际上，我们的午餐要小个儿多了，包括烤小牛肉里脊、老虎虾、土豆煎饼、蔬菜和柑橘类的水果拼盘。

我们坐在另一位美国大使里诺·哈尼什（Reno Harnish）的旁边，来年他就要带着家人驻扎于埃及开罗了。他盛情邀请我们前去旅行。

一顿丰美的午餐过后，我们回到酒店，小憩了10分钟，又花了40分钟询问关于服装的事宜。日程表上的下一项安排是诺贝尔基金会的招待会，地点在老城区的一座宏伟的大楼里，这座楼的前身是瑞典证券交易所。房间里终于没有胡桃夹子木偶了，墙壁镀着金色的边，水晶吊灯从拱形天花板上垂下来，和汽车一样大。在这里，基金会成员大方地欢迎我们，我们也见到了其他一些嘉宾和家属。霍斯特和罗伯特向对方介绍了自己的妈妈，她们俩成了不错的伙伴。我和罗伯特这才知道昨天发生了什么，似乎我们的儿子和其他获奖者的子女以及孙子孙女们被带到市中心的一栋大楼里拍摄了一部儿童科学电视节目。他们给孩子们一些随机的材料，让他们做一个可以像气象气球一样升起来的东西。这在平时听起来似乎是个简单的任务，但是那一天，雨雪交加，大风狂吹，我那两个来自加州的儿子差点儿被冻死。很幸运，他们俩自己没有被升起来，他们还是挺赞赏这个节目的新颖性的。除此之外，他们俩在这次斯德哥尔摩之行中还做了些什么，这一直是个谜，直到几年后他们才告诉我们。他们对此行的最美好记忆似乎是从房间窗户望出去的壮观景色、港口上的烟花、与皇宫如此近距离，以及层出不穷的房间服务。托德一天早上点了麦片，随麦片送来的另一个盘子里放着一些白色的东西，他以为是糖，就倒在了他的玉米片上，结果发现那是盐。所以他又把早餐改回为汉堡了。说起房间里的娱乐活动，他们能观看的英文频道播放的是电影《绝世天劫》。他们看过太多遍了，以至于托德能够记住布鲁斯·威利斯（Bruce Willis）所有的台词和鬼怪的表情。

下午晚些时候，回到斯德哥尔摩大酒店后，我们试着再小睡一会儿，可是我们意识到，这段斯德哥尔摩之行就像是有婴儿在家——除了婴儿，没人能睡着。这一天的最后一站是阿贾为我们预订的一个叫作卡拉根别墅餐厅（Villa Kollhagen）的地方，位于尤尔格丹（Djurgirden），出席者算上我们的亲戚和朋友一共31人！卡拉根别墅餐厅的厨师曾出现在瑞典的公共电视节目里，他的厨艺美轮美奂。我们享用圣诞自助餐，几十样美味佳肴陈列在一张长桌上，桌上点缀着红色的孤挺花和苹果，旁边是缀满华丽草编饰品的迷你圣诞树。黄褐色面包被雕塑成在林间腾跃的驯鹿。空气中飘溢着桂皮、丁香和多香果的味道。这是名副其实的节日盛宴，还有正宗的瑞典肉丸！

晚上回到酒店后，我的姐姐琳恩（Lynn）、哥哥比尔

（Bill）和奈德（Ned）打算去城里兜一圈。他们走出斯德哥尔摩大酒店，过了一个转角，来到一家名为卡费（Cafet）的玻璃门面的酒吧和舞厅。我的哥哥奈德这样形容："有上百人在排队，到处都是狗仔队和游客，一副紧张刺激的架势。"到门口时，保安说："不好意思，这是私人聚会。"原来那是威尔·史密斯（Will Smith）的最新电影《国家公敌》的MTV首映式。我的哥哥没有被吓退，他回去要给保安100美元，却再一次被拒绝进场。

他们走回斯德哥尔摩大酒店，礼宾部的工作人员愉悦地问："今晚过得如何？"

"不怎么样，"他们回答，"街角舞厅里有一个我们非常想参加的MTV首映式。"

我的姐姐说："我们是诺贝尔奖获得者罗伯特·劳夫林的家人。"

礼宾部的人说："请稍等。"他离开片刻，打了通电话，然后回到大厅，说："欢迎参加这个聚会，你们可以过去，然后把名字告诉他们。"

然后，他们三个又得意扬扬地回去了。

奈德之后解释说："酒吧里至少有上千名来自欧洲各地的时尚巨头、好莱坞明星和大腕儿、瑞典当地的精英，还有我们。我们仨看起来很土，穿着卡其布裤子、棉布扣角领衬衫，一副美国中产阶级的打扮，我们目瞪口呆，完全不知所措。大多数时候，我们都静静地站在那儿，以为这样看起来会更酷，但实际上让我们看起来更土气。第一个小时快结束的时候，聚会的主持人杰里·布洛克海默（Jerry Bruckheimer，好莱坞著名制作人和导演）的形象被投映在30英尺高的屏幕墙上，以便介绍他最新电影的全球首映式。首映式即将在斯德哥尔摩、伦敦和约翰内斯堡三个城市同步联播。我们是当年庆祝诺贝尔奖颁奖典礼的那群人中最先参加此类活动的。比尔和琳恩离开之后，我一直待到深夜，付了账单，然后走回酒店。第二天，我睡到很晚才起来，起床之后，我打开电视，穿戴我的白领带和燕尾服。我看到诺贝尔奖颁奖典礼正在进行中。我惊慌失色，套上衣服跑到了楼下，以为我是不是错过了最重要的活动。后来我才确定电视里看到的是在挪威奥斯陆颁发的诺贝尔和平奖。我幸亏没有错过诺贝尔科学奖颁奖典礼啊！"

第七章　诺贝尔奖颁奖典礼

　　斯德哥尔摩大酒店有两家餐馆。12月10日，我们在环境更休闲的那家餐馆安静地吃早餐，开始这一天。餐馆里满是睡眼惺忪的诺贝尔奖获得者，正兴致勃勃地吃着成堆的腌鲱鱼和熏鲑鱼。一群双颊绯红、金发碧眼的露西娅歌手为我们奉上甜美的歌声，她们身着白裙和红饰带，其中一位头上顶着插着蜡烛的草冠，其他歌手的手里握着蜡烛。

　　我们前往即将举行诺贝尔奖颁奖典礼的音乐厅，这一天算是正式开始。我穿上新买的瑞典外套，仿佛有了安全感，于是才慢慢进入状态。我往台上望去，罗伯特在台中央找到了N（代表诺贝尔奖）的标志，他开始预演向国王、科学院成员及观众鞠躬的动作。正宗的诺贝尔式鞠躬可要花上点儿工夫练习，因为弯腰一定要弯得够低，停顿一下后，还要再鞠两次躬，与此同时还要手持很大的皮革装订水彩画和证书。鞠躬的节奏总是与奏乐相吻合的，有上百万的观众观看，还会被媒体无情地评论，可见鞠好躬何等重要。我没那么担心罗伯特的鞠躬，而是更担心他的裤子。在他漫长的讲座生涯中，曾经发生无数与裤子相关的突发状况，或简称为PTE（意为"裤子突发事件"），可见其挑战性。比如有一次，他在哈佛广场的合作社书店里做了一次关于新书的讲座，讲座结束后请他签名的人挤满了现场，大家只得站着。就在他低头捡电脑电源线的时候，裤缝从后往前裂开了。此后20分钟，一名印度学生站在他身边，罗伯特利用这段时间考虑对策，为应付局面，他决定把电脑像手提箱一样放在裤裆的位置，而且频频微笑。我之后推测，罗伯特一定是想起了马普尔（Marple）小姐在圣玛莉米德（Mary Mead）小镇若有所思地踱步时一直把钱包放在前头的情景①，想到如果马普尔小姐可以这样，他有什么不可以。在离开合作社书店之后，罗伯特扭捏地登上了灯火通明的T字地铁，到达远处的停车场，然后钻进他租的车里，驱车两个小时前往马萨诸塞州北汉普顿的史密斯学院，午夜的时候停在一家麦当劳店里（裤腿里更加通风了），所幸没有被当成变态抓起来。这就是此后我为什么这么担心他鞠躬的原因。

---

① 马普尔是阿加莎·克里斯蒂小说中来自圣玛莉米德小镇的一位可敬的老小姐侦探。——译注

获奖者们被告知台上的座位安排、入口和出口之后，罗伯特返回酒店，接受BBC的采访，一有时间还要练习鞠躬。阿贾带我去见在克里派尔理发店（Tre Klippare）预约好的理发师，阿贾也在那里做了头发。我们是理发店里唯一的顾客，享受贵族一样的招待，还有给我们补充能量的茶水和巧克力。大约两个小时后，我褐色的齐肩头发被抬高，变成了优雅的法式发髻，头顶上都是小卷，发髻之间插上了珠宝饰品。我都认不出我自己了。诺贝尔一周之行让一个人由内而外都发生着天翻地覆的变化，不仅对获奖者是如此，对所有与其相关的人来说亦是如此。作为获奖者的伴侣，你知道你的另一半花了多少时间和心血才走到这一步，可见要发现自然界的真理的确需要探索知识的罕见毅力和实事求是的精神。这项创造性成就的意义非同小可，在此过程中，伴侣给予的支持也意义重大。这个奖项让我意识到了这一点。

　　很庆幸，那天下午在我们的套房里没有发生什么关于服装的突发事件。我们通过房间服务订了总汇三明治，然后看了看隔壁的儿子。酒店里所有与诺贝尔周相关的人都换上了正式的晚装。罗伯特戴着白领结，穿着燕尾服，看起来精神抖擞。我穿着黑色天鹅绒的紧身上衣和饰有黑色绒花的红色缎裙，披着红色的缎子披肩，反面是黑色的天鹅绒。手套不要求一定戴。至于珠宝，我戴着一条精雕细琢、闪闪发光的银色花卉项链，以及与其相配的耳环。

我的父母也在为当晚做准备，我父亲之后解释说："下午三点整，有人敲门，我租的衣物送齐了。我紧张的神经终于松弛下来。我从室内吧台拿出苏格兰威士忌和苏打水来喝，然后在舒爽的瑞典矿泉水里冲了个澡。浴巾又大又柔软。我换衣服的时候貌似还哼了一段《欢乐颂》。一切进展良好，直到我穿正装衬衫的时候，才发现翼形领把我憋得紧紧的，扣子系不上。我去喊已经着装完毕的卡罗琳，她一如既往地惊艳。一股恐慌攫住了我，因为我们要在三点半赶到大厅拍照，然后和其他诺贝尔奖嘉宾一同坐车前往典礼现场。这时幸运降临了——服装店的名字汉斯·阿尔德（Hans Allde）和电话号码都在服装盒子上头。电话顺利打通了，几秒钟的时间里就听到——商店还开着。是的，他们很抱歉。是的，他们会马上送来一件正装衬衫。怎么可能？晚上交通拥挤，酒店外头的豪华轿车排成长龙，我的脖子究竟是有多粗？我可没有吃那么多龙虾！他们真的能穿过人满为患的酒店大厅，上七层楼，穿过宽阔的大厅，然后送到我们房间吗？到底乘电梯还是走楼梯更快？当晚可能有上百人租用衣服。我的老天呐，我们就要去见国王和王后了！卡罗琳的兰花胸饰，还有我的康乃馨蕨草胸针都准备就绪了。"

神奇的是，我父亲的正装衬衫及时送到了。但是这一事件说明，我对于置装的恐慌是遗传而来的。

三点半前后，我与所有的家人在斯德哥尔摩大酒店的大厅碰面，我们被带到包间拍了张正式的集体照。这张照片一直是我最中意的照片之一，因为里头的每个人看起来都神采奕奕，略带焦虑，又那么自豪。三点五十分，我们分散搭乘不同的交通工具，一切都按部就班，井井有条。我和罗伯特钻到我们豪华轿车的后排。夜幕降临，城市的天空一片漆黑。但是白色的灯光照亮了滑溜溜的人行道。我们的豪华轿车车队由警察护送，在斯德哥尔摩的街道上穿梭，其他所有的车辆都停下了。几百个人默默地站在街道边，旁边是被铲到中间的雪山，与腰同高，上头插着火把。这冷与热、明与暗的对峙让人心头一惊。这场景有种原始的画面感，让我和罗伯特久久难忘。这排灯火指引我们到达流光溢彩的音乐厅。

我们的儿子和亲戚在我们之后乘坐巴士过来，大家在音乐厅会合。罗伯特往后台走去，看起来有点儿茫然不知所措。可惜我们大家不能一同坐在观众席。获奖者的亲属与其他家庭被安排坐在一个特殊的观礼间观看典礼的进行。罗伯特的妈妈、我的父母、罗伯特的三个兄弟姐妹、我的两个儿子还有我被护送到大厅座位的第二排。乐队区右侧的前几排是预留给诺贝尔奖获得者的家人的。化学奖得主约翰·波普尔（John Pople）的太太坐在我的正后方，我有点儿担心我那一坨发型会挡住她的视野。坐在我左边的是瑞典上流社会的成员，女士们珠光宝气，男士们身着燕尾服，胸前挂着勋章和饰带。音乐厅里总共有1800人，瑞典电视台正直播这场活动。

当我朝台上望去，缤纷的鲜花映入眼帘，美艳得让人不可思议。活动介绍册上写道："阿尔弗雷德·诺贝尔的晚年在意大利的圣雷莫度过，他于1896年12月10日去世。为了纪念他，圣雷莫市送来鲜花装点音乐厅和市政厅。在音乐厅里，有8500朵形态各异的橘色和橘红色康乃馨、1300束橙色剑兰、1000朵黄百合、200朵橙色非洲菊，以及150束杏色孤挺花。"花卉如瀑布般从舞台前方垂泻下来，四周同是杏色的廊柱上缠绕着花朵，楼座前方也繁花似锦，美得让人屏息。四点半整，皇室颂歌《国王之歌》（*Kungssangen*）奏起，接着是莫扎特的《D大调进行曲》，瑞典斯德哥尔摩皇家交响乐团在舞台区上方的楼座。皇家科学院、诺尔大会和瑞典学院的成员，还有一位来自挪威诺贝尔委员会的代表，坐在舞台的右侧。前来参加诺贝尔周的往届诺贝尔奖得主坐在舞台的左侧。古斯塔夫国王、西尔维娅王后和尊贵的哈兰公爵夫人同1998年的九位诺贝尔奖获得者一同步入会场就座。罗伯特同霍斯特和崔琦坐在诺贝尔奖获得者席位的第一排。我妈妈之后回想说，她当时被这个场合的壮美震撼了，看到罗伯特与其他奇才英杰同列，这经历真是无与伦比。

诺贝尔基金会的董事会主席本特·萨穆埃尔松（Behgt Samuelsson）教授致开幕词。紧接着舒伯特第三交响曲的第四乐章奏响。这段间奏和一段简短的讲话之后，马茨·约翰逊教授向大家介绍三位物理学奖获得者。崔琦博士、霍斯特·施特默教授和罗伯特·劳夫林教授起身接受国王颁发的诺贝尔金章。化学奖的得主是约翰·波普尔，生理学或医学奖的得主是罗伯特·弗奇戈特（Robert Furchgott）教授、路易斯·伊格纳罗教授和法里德·穆拉德（Ferid Murad）教授。接下来颁发的是文学奖，得奖者是若泽·萨拉马戈（Jose Saramago）先生。最后，经济学奖颁发给阿马蒂亚·森。歌剧独唱响起。在颁发不同奖项的间隙也穿插间奏。这场典礼以瑞典国歌《你古老，你自由》（*Du gamla, du fria*）收尾。

古斯塔夫国王和西尔维娅王后离场的过程中，全体肃立。我们所有的人都心潮澎湃，不仅是被卡塔琳娜·达蕾曼（Katarina Dalayman）天籁般的歌声打动，也被这个场面的恢宏气势所震撼。当念到罗伯特的名字时，我热泪盈眶。他向观众鞠躬的时候看到了我。虽然这一幕发生在大庭广众之下，然而对我们俩来说，这个亲密的瞬间却如此意味深长。我当时多么为他自豪，现在也依旧如此。

　　新闻最后还是给罗伯特的鞠躬判了不合格，但是却对罗伯特的个人魅力给予了最高的评价。我们的儿子在整个活动过程中都惊奇不已，但是他们还是很欢喜可以在演讲之后上台和父亲拥抱并照相。

THE FIRST MARSHAL OF THE COURT IS COMMANDED BY

HIS MAJESTY THE KING

TO INVITE

Professor and Mrs. Robert B. Laughlin

to a Dinner

TO BE GIVEN BY

THEIR MAJESTIES THE KING AND QUEEN OF SWEDEN

at The Royal Palace (Eastern Wing)

on Friday, 11th of December 1998 at 7.30 p.m.

Dress: White tie
Arrival not later than 7.20 p.m. Please, bring this card.

R.S.V.P.
P.M.

12月11日诺贝尔奖晚宴的邀请函

第八章　诺贝尔奖晚宴

你可能觉得，不可能有比诺贝尔奖颁奖典礼更大的排场了，可紧接着当晚在斯德哥尔摩的市政厅就来了一场晚宴。1240名嘉宾和学生到场，500支火炬照亮了道路，将市政厅的正面照得灯火通明。我和罗伯特从市政厅南边的门廊进入为诺贝尔奖获得者和即将坐在荣誉桌（主桌）的嘉宾准备的专用招待区。葡萄牙大使保罗·卡斯蒂略（Paulo Castilho）手里晃动着香槟，走上前来与罗伯特握手。同时在场的还有来自其他国家的大使，包括来自英格兰、挪威、印度和德国的。场内还有瑞典政府的成员。我们在王子画廊中排成长队，等待会见瑞典的国王伉俪。他们两位都和蔼可亲，说着流利的英语，欢迎我们参加晚宴。王后身着典雅的杏色礼服，戴着光彩照人的珍珠项链。她的耳环上镶嵌着古色古香的浮雕贝壳，皇冠上镶嵌多个珍珠边的浮雕贝壳，与她华丽的珠绣礼服相得益彰。国王和王后看起来镇定自若，我妈妈后来说："其实在所有人入场之后，市政厅外发生了炸弹恐吓，晚宴延迟了，你从他们的举止可完全看不出来。"

会见国王伉俪之后，我们被指派了一名护送人员，随着长队向王子画廊深处走去，诺贝尔奖的证书和勋章被陈列在这里的玻璃柜中，供当晚后来的其他嘉宾观赏。皮革装订的证书内侧左页是由瑞典艺术家绘制的原创水彩画，右页是手写的获奖者名字及其成就简介。晚上七点钟，我们穿过一个阳台，上头吹奏起风琴与小号，宣告获奖者的到来。这里我要引用下活动介绍上的话："贵宾们走过大阶梯，来到蓝厅。蓝厅里装饰着四种颜色深浅不一的玫瑰，这里的花饰出自15位花匠的巧手。进门的贵宾队伍由司仪带领，司仪手中拿着在1991年诺贝尔奖90周年授予的权杖。司仪后头是两位侍女，接下来是国王陛下和化学奖得主波普尔的夫人、王后和诺贝尔基金会的董事会主席本特·萨穆埃尔松教授，以及晚宴的主持人。"

我由皇家元帅（皇室总管阁下）贡纳斯·布罗丁（Gunnar Brodin）教授护送到楼梯下。用布罗丁教授自己的话形容，他是国王陛下的左膀右臂。布罗丁教授个子很高，镇定稳健，他稳稳地搀扶着穿着长礼服的我走过光滑的阶梯。市政厅的墙面是由红砖砌成的，光线照在上头，一片五彩斑斓。这些墙砖最初被粉刷成有光泽的蓝色，蓝厅由此得名。飘云的天空图案被映射在大厅的天棚上，当人们走下长阶梯的时候，整个房间看起来像一颗旷世独存的跳动宝石。我们走进去的时候，其他桌的嘉宾全部起立。他们半个小时前就进来了。我们的家人坐在长阶梯的下面，他们穿着华丽的服饰，看起来神采奕奕。我们只能让我们嘉宾中的一小部分参加这次晚宴，剩下的嘉宾正在老城区的狮塔餐馆（Leijontornet）就餐，由我们的儿子尽主人之谊。我决定把儿子的两个席位让给更年长的嘉宾。我实在是希望若干年后可以再回到斯德哥尔摩，让我成年的儿子与我们一同参加晚宴。

主桌非常大，可以容纳90位嘉宾，上面细致地陈列着诺贝尔餐具和桌布，这些都是当时为1991年诺贝尔奖90周年设计的。玻璃器皿都有金柄。带有黄蓝绿亮色的瓷餐盘被放置在金色和白色的大浅盘里。国王陛下就座之后，我们相继坐下，对争奇斗艳的鲜花装饰啧啧称奇。桌上放置着六个高高的水晶方尖碑，其镀金的瓷底上舒展着红色和淡紫色的玫瑰。我对某些玫瑰过敏，我注意到我的前方没有布置任何玫瑰。主办方对于细节的关注简直令人不可思议。从花束上垂下来一串串用竹子做成的假炸药，用来纪念诺贝尔。桌上还散落着金箔包着的巧克力硬币，是模仿诺贝尔勋章做成的。女士们抓了很多放到包里，等着之后给他们的孩子和孙子孙女。这些如此考究的细节证明了这场晚宴不是为国王和王后准备的，而是为诺贝尔奖获得者准备的。我们到后不久，国王陛下就致了纪念诺贝尔的祝酒词。之后有四分钟的拍照时间，摄影师们涌了进来。

我们的面前堆满了无数的餐具和玻璃器皿。坐在我右侧的是诺贝尔奖获得者路易斯·伊格纳罗，他靠过来对我说："你敢相信吗？简直太不可思议了。如果我的意大利父亲活得够长，今晚能看到我坐在这里就好了。"由200位身着白衣的侍者组成的队伍从长阶梯上走下来，呈上第一道菜。以这样的方式，他们无比精确地呈上了三道菜，包括上千盘食物，为上千名嘉宾递上各种各样的酒。晚餐的菜单如下：

朝鲜蓟配水芹对虾

小龙虾配茴香

*

外边抹上一层爪哇黑咖啡的带翅骨鸡胸肉配百里香和黑胡椒

五香时蔬蘑菇卷配洋蓟奶油酱

*

诺贝尔冰甜点

白巧克力冰淇淋

野黑莓冰糕

*

酒

1991年波默里香槟（Champagne Pommery 1991）

米莉安香槟（Brut Milieime）

Corton Les Bressandes

Grand Cru 1989

Prince Florent de Merode Ladoix

山地文30年的茶色波特酒（Sandeman's Tawny Port
Aged 30 Years）

在斯德哥尔摩，全年都会有各种菜式被推荐和尝试，以最终确定诺贝尔奖晚宴的菜单。不知用了什么方法，冷盘端上来就是凉的，热盘端上来时还是热腾腾的，一共1240盘！因为厨房就在晚宴大厅的上一层，侍者们需要准确无误地将食物端过一条长廊，并且走下长阶梯。能被选为晚宴的侍者被视作一种荣幸，为了这次晚宴，他们提前进行了几个月的彩排。

罗伯特坐在我对面，挨着多米尼克·波柴特（Dominique Parchett）。在上甜点之前，卡塔琳娜·达蕾曼在豪华的阶梯上为悉心聆听的观众带来了一段天籁般的表演。她穿着如波浪般舒卷的裙子，站在楼梯的顶端歌唱咏叹调。她每下五步，就更换一段音乐，同时还脱掉一层外衣，露出里面的一套新服装！整个夜晚的音乐间奏如下（引用活动介绍册上的信息）：

> 三位作曲家风格迥异却都深谙文音相通之理，他们带我们走上一段慷慨激昂的冰与火的旅程，让我们经历对初恋的冰冷渴求，沉浸在北欧的自然之声中，最后感受到一只鸟儿扑打着黑色翅膀飞入浓浓的夜色中，血腥的阴谋正在这黑夜中蓄势待发。

咖啡呈上后，到了致祝酒词的时间。每位获奖者起身走到高讲台的时候就会响起号角声。罗伯特是第三位演讲者，他腼腆地走到讲台前，面对上千名尊贵的嘉宾。他知道，此时全世界正有上百万观众在看这场现场直播。我们大家都深深地吸了一口气。以下是罗伯特的祝酒词：

国王与王后陛下，各位殿下，女士们，先生们：

> 我被和我共同获得物理学奖的同事们选出来，在此向您致上马克·吐温向婴儿致辞的一段著名的话，因为婴儿是我们大多数人与真正物理世界的最初接触，也是我们诺贝尔奖经历的重要一部分。当然我们都曾经是孩子。我们所有的人都记得喜悦降临的第一天，都为家里

此后很久都没有学术自由而感到不寒而栗，因为实验事实显示，有婴儿的时候，尤其是晚上，时间总是过得很慢。我们谁会忘记，在和一个活泼的婴儿共处的第一个夜晚，我们才真正体会到度日如年的含义。谁又能否定海森堡著名的不确定原理铁一般的存在，即一对新父母是没法儿一晚上同时睡上好觉的。至于黑洞，我知道它们的存在，因为我看过也知道它们是这个或者其他宇宙最强大的东西。是的，婴儿拥有与自然合一的关系，并因此成为我们领域最深奥概念的载体。比如说，消灭算符。要让一个受过完整教育的本科生理解这个概念，可能要花上几千美元和多年的学习。但是你若把一个婴儿放到客厅，你的立体音响就放在低处，在他伸手可及处。你立即就会清楚地明白什么是消灭算符了。

我今晚的祝酒词实际上并不是致给婴儿的，而是给所有包容他们的家长们的。因为他们正在用一生的时间投资他们的爱，让一个生命开花结果，有时还会更久。举个例子，我自己的父亲在那年我完成使我获得诺贝尔奖的第一项重要工作的几周后去世了，他已无从知道他的成就。当然还有其他的例子，在这里我就不赘述了。感谢婴儿，生命得以延续。所以请各位举起酒杯，向活着的和已逝的父母敬酒，他们是真正的英雄，没有他们，就没有生命。

正如我之前提到的，在罗伯特致祝酒词后，大厅内的人都热泪盈眶。罗伯特在离开讲台的时候，温柔地朝他的妈妈望去。坐在我右边的路易斯·伊格纳罗之前和我提过他去世的父亲，几分钟之内，他都沉默不语。当晚，这段祝酒词在瑞典的电视上被重播了无数次。后来，诺贝尔巡回展在世界范围内举办，展示获奖者及其获奖的成就。这个巡回展的一个展区里有音频室，里头播放几段前诺贝尔奖得主的祝酒词。罗伯特的祝酒词就被选入其中。

与罗伯特的祝酒词同样让人印象深刻的是甜点！

蓝厅里的灯光逐渐暗下来。在长阶梯的尽头，身着白衣的侍者一步一阶地走下来，每一个都端着与肩齐高的盘子，看起来像是橙红色的光之穹顶。光环里是蛋白酥皮围起的冰淇淋堆，每个冰淇淋穹顶上都矗立着字母"N"。白色棉花糖交织成的穹顶环绕着冰淇淋。这个设计巧夺天工且出乎意料，让我们叹为观止。

晚宴在晚上10点25分正式结束，但这时还正是夜晚好时辰。在晚宴过程中，我弄掉了右脚的鞋，晚宴结束的时候还花了几分钟疯狂寻找。我向南边主桌下头望去，最终找到了它的位置，穿上鞋还来得及从蓝厅走上阶梯。我们站在楼座上，瑞典院校的学生向我们致意，他们举着学生会的旗杆，以示对诺贝尔奖获得者的敬意。接着，我们被引入即将举行舞会的金厅。整个房间从地板到棚顶都金碧辉煌。设计的灵感来自拜占庭建筑。1900片金箔组成了墙上的马赛克，这个构思来自埃纳尔·福塞特（Einar Forseth，1892—1988）。随着库斯班德特乐团（Kustbandet）奏起音乐，我和罗伯特加入了起舞的人群。我们再次见到了国王和王后，并且和有票、随我们参加舞会的嘉宾见面，他们非常开心。我们聊天的时候，罗伯特被带到另一个房间，瑞典电视台就他刚刚的祝酒词对他进行采访。

之后我们进入王子画廊，再次欣赏里面赠予其他诺贝尔奖获得者的水彩画和证书。已经到了午夜时分，我们找到我们的司机，去参加斯德哥尔摩大学经济学院举办的学生睡帽派对。每一年的睡帽派对都在校园的不同地点举办，学生们花费九牛二虎之力将他们的教学楼和宿舍楼精心布置成主题派对的场所。今年的主题是"各国庆典"。进入"派对中央区"的第一栋楼时，我们算是正式进入了派对的腹地。遗憾的是，我们的儿子没有满18岁，不能参加。

这场聚会声势浩大。特色的庆典活动包括设有卡拉OK的亚洲室，在贝都因帐篷里头装有一篮篮甜枣的中东室，提供热圣诞甜酒的瑞典圣诞室，以爵士乐、卡真料理和串珠项链为特色的狂欢节室，提供腌鲱鱼和三文鱼的瑞典夏至室，还有提供精选葡萄酒、饼干和奶酪的法国葡萄酒节室。这里还有杂技演员和小丑进行精彩表演的中世纪盛宴，摆满红枕头和香槟杯的情人节室，有皮草和伏特加的因纽特人庆典，有沙子、阔边帽、花边和啤酒的里约狂欢节。似乎每个角落都有食品运输机、大酒杯的饮料和跳舞的人群。热浪般的音乐仿佛每个节拍都会融化窗户上的冰霜。我们开心地和这些瑞典学生攀谈，他们睡眼惺忪，为了组织这场让人难忘的睡帽派对，他们几夜未眠。

在这个巨大的北欧梦幻岛上，我们终于找到了我们的一些嘉宾和亲戚。我的兄弟姐妹们明显玩得正酣。琳恩、比尔和奈德刚好被鲍勃·巴斯和安妮·巴斯的豪华轿车慷慨地送到这个派对。琳恩从狂欢节那层楼拿了几条串珠项链把玩。奈德说，当琳恩加入他们的时候，巴斯太太问她说："你这是从哪儿拿的？"琳恩看到安妮·巴斯脖子上正戴着一条闪闪发亮的项链，回答说："我是从二楼拿的，我肯定是错过了发项链的那一层了！"

我们喝了几瓶啤酒，奈德试着劝说巴斯先生用他的私人飞机"带我们飞到俄罗斯吃晚饭和甜点"。鲍勃·巴斯回答说，这个主意有个问题，一旦飞机着陆了，俄罗斯人不会愿意把飞机还给我们的。

奈德刚开始从事抵押业务，他问巴斯先生："你投资什么生意？"

巴斯先生回答说："大多是些平淡无奇的生意。"

奈德便让他说说什么是"马赛克（与英文的'平淡无奇'谐音）生意"。

鲍勃·巴斯礼貌地纠正奈德说:"是平淡无奇的生意。"奈德感到万分尴尬,拼命点头表示同意,比比画画,表示这个听起来更合理。奈德实在不知道"平淡无奇"的意思,第二天早上他问了父母。"原来如此,这回我可知道了。"

凌晨三点钟,我悄悄地说,倘若不离开派对,就铁定要用担架把我抬回酒店了。最后,我们不得不无奈离开。与此同时,我们的儿子们和其他的小嘉宾们坐上了豪华轿车,开始了一轮斯德哥尔摩的深度游。现在,他们长大了,我确定他们肯定会迫不及待地想要参加这场睡帽派对!

第九章　与国王共进晚餐

12月11日，晚餐在皇宫举行。能私下与瑞典皇室共进晚餐是绝对无法拒绝的邀请，但我还是吓坏了。这天下午，罗伯特被带去皇宫图书馆接受采访，并借机浏览了里头卷帙浩繁的书目。他看起来轻轻松松，仿佛很期待与国王在皇宫共进晚餐。他甚至有时间阅读赠给我们的国王伉俪的传记。

当罗伯特在皇宫里自得其乐之时，我又去了一趟理发店。我紧张得不能自已，当发型师告诉我，她每年去法国两次，学习最新的发型技艺和时尚后，我才觉得稍微安心一些。谢天谢地，她没有依赖我自己的发型建议，我就交给她好了。我描述了要穿的金黄和绿松石色的泰国丝绸外套，搭配一件缎面礼服。我还描述了我那崭新的金色舞鞋。我滔滔不绝地说着颁奖典礼、晚宴和睡帽派对。我边说，她边给我做发型。最后，我的头上多了假发辫子来增加发量，非常新颖的编发造型，镶嵌着真正的叶子和水钻，甚至可能还有只假鸟在上头，我也不确定。我觉得我看起来就像是法国宫廷里陶瓷托盘里的绝代艳后玛丽·安托瓦内特（Marie Antoinette）的肖像。我又一次对自己脱胎换骨的造型哑口无言。

回到斯德哥尔摩大酒店，我打算小憩一下。但是45磅的僵硬头发上插着702个发卡，要想入睡还真是不容易，洗澡更是不可能。于是我像陶瓷娃娃一样直挺挺地坐着，直到要换衣服去大厅的时间。我们的Nobil-12豪华轿车将我们送往皇宫，我们登上铺着宝蓝色地毯的阶梯，进入接待厅。大厅里是豪华的抛光镶木地板。墙边摆放着玻璃柜，里面陈列着银色的古董和塞夫勒瓷器。拱形天花板上是巨大的壁画，里头的天堂和天使惟妙惟肖，金色的天使环绕四周。大概有几十个黄铜钟沿着走廊报时，响声一直涌入我们即将享用晚餐的屋里。

诺贝尔奖获得者们及其伴侣站成一排迎宾队列，以便在皇族和其他嘉宾到达的时候可以迎接致意。晚宴的司仪走过来，用他的拐杖敲打地板，吸引大家的注意力，他迈着轻快的脚步朝我的方向走来，靠过来和我耳语。貌似即将护送我进入晚宴的正是瑞典的国王卡尔十六世，即古斯塔夫·富尔克·休伯特斯（Carl XVI Gustaf Folke Hubertus），而我要尽快踩着抛光地板走到队伍的最前面。马上！我拎起裙摆，雄赳赳气昂昂地以淑女的风范赶到房间的另一头。这个房间足足有迪斯尼的停车场那么长。我的金色舞鞋好像是刚刚磨过的溜冰鞋。我简直是一路侧滑到国王面前，对他说："我觉得我该告诉你，我的鞋很滑。"话一出口，不听使唤的右脚踢了出去。多亏了从多年来差点摔死的滑雪事故中习得的平衡感，我快速恢复了镇静，没有真撞到国王的身上。国王对我的表现显然很迷惑。他稳稳地挽起我的左臂，把我带入画廊室，里面有一张估计长四分之一英里的桌子，得奖者道格·奥谢罗夫之后纠正我说："如果我们之间隔开三英尺坐着，这个桌子就有232英尺长，可以坐155个人。"无论怎样，我看不到房间的另一头。感谢我的幸运星，国王知道我们要坐在哪里。我们走到桌子中间的位置，停在国王宝蓝色的椅子处。我坐在国王的右边，诺贝尔文学奖得主若泽·萨拉马戈坐在我的右边。坐在我对面的是化学奖获得者约翰·波普尔，他的右边是会多国语言的迷人的西尔维娅王后。罗伯特坐在对面左边相隔六个人的位置，我几乎看不到他。于是，我就坐在那里，穿着绿松石色的丝袍，梳着玛丽·安托瓦内特的发型。这次旁边坐着的国王是在他自己的宫殿里，可不是在堪萨斯州的了[1]。

---

[1] 这里引用了1939年电影《绿野仙踪》中的一句台词："托托，我们可不是在堪萨斯州了。"意为我们已经离开了熟悉安静的环境。

在长桌周围，每位嘉宾后头都有一位男侍者，晚餐时他们始终笔直地站在那里提供服务，拉椅子，推椅子，打理放错的餐巾和空着的红酒高脚杯。桌子的中间是一个巨大的银色花瓶，足有两三英尺高，上头的鲜花从瓶中垂下，仿佛是无声的烟火。花瓶底部是裸女的雕像，她们在花荫下围成一圈起舞。花瓶的两侧也有两个裸女，端着两个盛满盐和胡椒的银碗。每次国王陛下想要朝王后看去的时候，他的目光都要先经过在我们面前起舞的裸女的银色长腿。我竭力忍住没对桌上显眼的裸女评头论足，而是转到右边，向萨拉马戈做了自我介绍。可惜萨拉马戈不会说英语，我也不会说葡萄牙语，因而我们的对话只能蜻蜓点水。我卖力地比比画画，指着那些美丽的花朵。他点了点头，然后我们都开始紧张地浏览盘子上的菜单。

我年幼的时候，父亲是大学校长，父母总有很多应酬，所以像"小吃"（canapés）、"开胃小菜"（hors d'oeuvres）和"生菜沙拉"（crudités）这样的词，早在九岁的时候，我就不陌生了。十岁的时候，我就知道将加了温白兰地调味的混合莓果倒进坚硬的蛋白酥皮中，作为正式晚宴上的菜目（放在嘉宾的左手边）。我知道甜品的叉子和勺子要放在整套餐具的最上面。我懂得葡萄酒的高脚杯要放在装水的大高脚杯的右侧，红葡萄酒的高脚杯一般比白葡萄酒的要高。可是现在，我眼前有这么多特别的餐具和杯具，让我目不暇接。我想起了妈妈的名言警句："永远都要从外侧开始拿餐具，然后依次拿至盘子处。"这个明智的建议真在那个夜晚拯救了我，让我免于尴尬。倘若我足够幸运，能够挨着西尔维娅王后坐下，那么观察西尔维娅王后如何使用刀叉也不失为一个好办法。尽管如此，如果在酒店的时候就讨论过杯具和餐具礼仪该有多好。反过来，参加此类正式活动的一大乐趣就是看着人们怎么摆弄整套餐具里头的这些"玩意儿"。我心想，肯定有些心慌慌的嘉宾在想着如何将勺子或者叉子作为纪念品滑进裤兜里，而非追究每件餐具在餐桌上的真正用处。

耗在菜单和餐具上的时间也不少了，于是我决定和古斯塔夫国王攀谈。什么是可以说的，什么是应避而不谈的，我还真没有要领，因此我尽量装作不把他当国王看待，开门见山地问道："这皇宫里闹不闹鬼？"我的这个问题让国王有点儿猝不及防，正如我的发型也让他着实吓了一跳，但是他还是热情地回答我："那是当然！桌子尽头的那扇窗户，侍者曾站在那儿看到玻璃上有一个女人。你知道的，他们是靠谱的人。曾有一个女人死在这个房间，她的肖像就挂在这里的什么地方。"

他继续解释说，之前在地窖里进行的发掘工作发现了一段具有1400年历史的宫殿墙壁遗址。国王评论道："我一生都住在这里，可你绝不会见我晚上进地窖！"

呈上第一道菜时，国王告诉我，他刚刚去瑞典一所获奖的学校出席了一场残障儿童的表演，十分感人。智障儿童们表演如果肢体残疾会是什么样子，而肢体残疾的儿童表演如果智力有障碍会是什么样子。他说，他不知道到底该哭还是该笑，那场表演真的太感人了。我告诉他我的哥哥患有唐氏综合征以及我哥哥面临的难题。我接着说，正是因为我的哥哥，我才决定从事关于特殊儿童方面的工作。我知道在国王陛下的家族里有些人有读写障碍的问题，我们简短地谈论了一下这种障碍可能给个人造成的创伤。

正值12月，我想让话题更轻松一些，于是说起罗伯特很喜欢在圣诞节和儿子们一起选树，砍树，制作圣诞树。国王回答说："在瑞典，私自砍树是非法的。如果允许这种行为，上百万棵树都会砍光。然而，我颁令允许我可以砍自己的树，并且和我的子女一起去。"我心里想，如果一个人可以颁令些什么，还真是不错啊。

鹿肉被端上来了。我说我从来没吃过鹿肉。我现在吃的可是驯鹿？如果我问了是不是太莽撞？国王可能察觉到了我的忧虑，说道："我有自己的猎区。鹿肉是这个晚餐的传统菜目。我本应该自己去打猎。但我没有，我们就当成是我猎的吧。"我开始用专用的鹿肉刀切鹿肉。正当我切肉的时候，那个有300年历史的盘子在下方的银色主盘上转了半圈，仿佛有一只看不见的手在我的面前转动了它。没有指示和压力可以让它停下来。国王陛下看到后说:"你看,你的盘子动来动去的,我自己尽量不用它们。它们简直太旧了,底部不平,所以会动来动去。"吃完这道菜,我有种晕车的感觉,我没胆量去问清关于驯鹿的问题,有些事情还是不妨留些想象空间吧。

我终于可以松口气了。一份古怪造型的甜点被送到我们面前。盘子的中间是一座蛋羹山,上头插着一根长长的巧克力棒。盘子的北侧是由饼干面团做成的勺子,里头是一团冰糕。我评论说,这个甜点看起来像是一个物理实验。(这时,我已经尝试了各种各样的饮品。罗伯特当然还是在我听力范围以外。)国王也搭话说:"确实,像尤里·盖勒(Uri Geller)那样把勺子弄弯怎么样?"他拿起勺子的时候,勺子"啪"的一声断成两截,他的手放下时碰到了巧克力棒,巧克力棒一下子弹到了空中。那个巧克力棒仿佛飞了足足一分钟,落到了路易斯·伊格纳罗太太莎伦(Sharon)的腿上。她坐在国王的左边,至少我和国王都觉得确实是落到了她的腿上。国王古斯塔夫转过来问我:"天啊!你觉得我该把它拿回来吗?"

我回答说:"我觉得还是算了。"

我笑得前仰后合,实在记不住他后来做了什么。我用餐巾捂住嘴,想要保持仪态,与我的庄严发型相衬。国王每次朝他的甜点餐盘看去,都禁不住发笑。幸运的是,这个小事件发生在晚宴快结束时。我又可以在外头的镶木地板上随意出洋相了。我随着国王走出房间，他大方地转过来伸出胳膊，我们一起离开餐厅。我们平安无事地走过光滑的地面，我记得他贴心地将我送到壁炉旁边一块铺着地毯的区域。一个小行李箱一样大的雪茄盒里有提供给嘉宾的雪茄。同时还有咖啡和科涅克白兰地供应。国王拿着咖啡杯和杯碟，同时将白兰地酒杯放在手腕上，这样他的另一只手可以腾出来拿雪茄，对此他可真有一手。罗伯特这时凑过来，我不知道他是否也目睹了巧克力棒事件，但是这可成了之后讲给他的一个好段子。十一点的钟声敲响了，王后的侍女们（她们穿着有金色交叉蓬蓬袖的黑裙）踮着脚走过来，让人们离开舒适的沙发，聚在一起，立正目送国王和王后离开。

我们又走下蓝色的阶梯，走进衣帽间，里头的镜子足有七英尺高，旁边的桌子上放着银梳和刷子，供嘉宾使用。门卫叫来停在大院子里的豪华轿车，用麦克风喊着我们的号码。在一百多辆车之间，我们终于找到了我们的Nobil-12，在与国王共进了一场惬意的晚宴过后，我们走进了沁凉的夜里。

DÎNER

DU 11 DÉCEMBRE 1998

Terrine de Foie gras de Canard au Vieux Madère

Fruits de Mer dans sa Nage Saffranée

Selle de Chevreuil de la Chasse Royale

Reblochon Fermier

Succès de Framboises Arctiques

★

Château Contet à Barsac 1979

Domaine Sainte-Anne 1993

Clos d'Ière 1993

诺贝尔奖晚宴的菜单

第十章 诺贝尔基金会

皇宫晚宴后的第二天，罗伯特去诺贝尔基金会的总部参加早上九点半的预约会议，正式领取他的奖金。我们走在基金会大楼里的一条狭窄通道上，灯光集中在一些半身雕像和诺贝尔的画像上。在二楼，我们看到了多年来瑞典艺术家递交的画作，作为与证书一并被授予诺贝尔奖获得者的备选作品。其中有一幅尤为生动：弯弯曲曲的铁丝网围住了一只鸟。这幅画被送给亚历山大·索尔仁尼琴（Alexander Solzhenytzen），但是被认为太过直接和露骨了。

我们走进一个较暗的房间，坐在一张巨大的木桌旁。桌上摆放着所有得奖者的勋章和开封的证书。罗伯特被要求站在桌子的一头，在一本特别的诺贝尔奖获得者相簿上头签名两次。接着我们被带到隔壁的一个房间，讨论如何汇款的问题。罗伯特豪气十足地说："我们可以把钱留在斯德哥尔摩来付我们的酒店账单，然后再把钱转到我账户里。"罗伯特将要与霍斯特·施特默和崔琦分享奖金，接受百万美元的三分之一。

交谈过后，我们驱车前往理工学院。那里正举行一场以"科学的未来"为题的小组辩论，辩论者包括霍斯特·施特默、约翰·波普尔和罗伯特。斯蒂格·哈格斯特勒默是主持人。波普尔博士说道，他曾经在这家机构学习，也在这里工作，这里待他不错。他同时坚持说，学生不应该被众多的学术选择包围，而应该允许他们对于自己感兴趣的一个问题深入钻研。罗伯特不同意，他解释说，学生应该有机会接触各种不同的学科，这样他们今后转行才有一定的灵活度。他认为，正如科学的课题会改变一样，学生们也需要能随之改变。辩论持续了一段时间。我们准备离开的时候，学院为我们送上了美丽的鲜花。在随后的午餐时间，瑞典的学生们为我们唱歌助兴。

大约一个小时之后，我们被载去参加一场招待会，由斯德哥尔摩的斯坦福校友会举办。我们被赠予一匹瑞典的达拉木马。它的设计源于19世纪，木马被涂成橘黄色，脖子上有一圈花环，一侧有祝贺饰板。

回到酒店，我们换过衣服，找到儿子们和阿贾，整合了我们的亲友团，去利斯·格兰隆德（Lis Granlund）博士的家中吃晚饭。格兰隆德博士和我父母是在他们共同的朋友介绍下认识的。格兰隆德博士是皇宫和皇后岛宫的退休馆长，也曾担任博物馆装饰艺术委员会国际理事会主席，是有一定知名度的陶瓷和银器专家。她退休之后广泛游历，住在这些年来认识的大使的官邸。在她小小的公寓里，从地板到天棚都摆满记录她和丈夫五十年来生活的物品。一个房间里陈列着她丈夫的航海系列收藏，包括海景画、装在瓶中的船只和气压计。另一个房间里，一套玻璃杯和雪利酒斟酒器放在银盘上，旁边是全家福。她的客厅分为两个会客区，放着舒适的沙发、刺绣枕头、18世纪的落地大钟、一架古老的钢琴和一把躺椅。有趣的是，室内的墙上挂满了抽象画。在房间中央点满蜡烛的玻璃吊灯下头，她摆放了一组古老的圣诞娃娃。另一张桌上放着雅致的水果盘，里面有葡萄和梨子，水果盘的旁边是一个装小咖啡杯的银盘。这些小桌子饰有花彩，铺着绣花的圣诞桌布，盘子里头装满了钻石形状的丹麦曲奇。她房间的每一寸都力求美观。

我们12个人聚集在她的公寓里，她先送上雪利酒和椒盐脆饼。她让我们紧挨着彼此坐在桌旁，然后像魔术师一样从后头的房间里变出一道道菜。她用的盘子有上百年的历史，只不过稍有些不平稳。"我让12个人坐在这里是不是胆子太大了？"她若有所思地说。我们用精心蚀刻的葡萄酒高脚杯啜饮，品尝三文鱼和面包，紧接着是肉酱、小咸菜，以及冷饭和水果拌成的圣诞沙拉。接下来是生菜和西红柿沙拉，还有一大盘软奶酪与萝卜。就在那个时候，托德悄悄和我的姐姐耳语："我不知道这些都是什么，不过吃绿色的应该比较安全。"最后，我们在她的客厅里享用巧克力慕斯蛋糕和咖啡，晚餐算是告一段落。格兰隆德博士的丈夫在前一年去世了，她坦言，这是丈夫去世之后她第一次在家宴客。我们都对她这一晚的盛情款待表达了谢意。

第十一章 永远微笑跳跃的绿蛙 大勋位入会仪式

11月12日，我们收到了斯德哥尔摩大学学生会的一封请柬，邀请我们参加"12月13日晚的露西娅庆祝活动暨永远微笑跳跃的绿蛙大勋位新成员入会仪式"。这封请柬上还写着："该勋位始设于1917年，第一位诺贝尔奖获得者在1936年受封。"我必须承认，这一切听起来非常可疑。我很想把请柬扔掉，但是罗伯特在隔壁房间重读这封请柬时笑得前仰后合。我们从1997年得奖者比尔·菲利普斯那里得到了可靠的消息，这个入会仪式不容错过。他没有给我们更多的细节信息，但是鼓励我们参加。这封请柬看起来煞有介事，由"主席和高级管事"署名，因此我们让阿贾帮我们把这个活动放在了日程表上。她之后告诉我说，我们可以带上我们剩下的21名嘉宾一同参加！我和罗伯特当时都没有意识到，那将是我们婚姻生活中最长的一天。

这一天，我们先是在斯德哥尔摩大酒店里较为休闲的那家餐馆与沃尔伯格（Wahlberg）一家吃早饭。他们的儿子尼克拉斯（Niklas）前一年曾是我在帕罗奥多二年级班里的学生。我们有机会重新认识，而露西娅的歌手们此刻正在我们的桌旁为我们献唱。尼克拉斯的英语还说不顺口。我和他的父母聊起天来。罗伯特看到我们，送给了尼克拉斯一张诺贝尔海报，还在上头签了名。这是我头一次在国外见到我以前的学生，与他们家重新建立联系让人很开心。他的姐姐送给我她亲手制作的小圣露西娅娃娃。每年的12月，我都会将它和瑞典木马及蓝色烛台一同拿出来。

早上九点，我们被载去乌普萨拉大学（Uppsala University）。校园里的建筑有圆形天花板和大理石的柱子，气势非凡。会议室提供咖啡，旁边的拱形天花板下面悬挂着国王和王后的肖像。罗伯特被带去发表演讲，我被带去步行参观了一圈。第一个景点是由奥洛夫·鲁德贝克（Olof Rudbeck）设计的穹顶，里面是解剖学讲堂。顶部是倾斜的窗户，下头的空间可容纳200名观众站立并看向尸检台。尽管这个房间是前所未有的，也只被用过十次。尸检过程一般持续24小时到36小时，或者直到臭味难忍。所用的尸体一般是罪犯的，有一些据说是还没水落石出就被执行死刑的。尸检之后，遗骸将被肃穆地抬出去埋掉。

之后向我们展示的是个气派的旅行箱，叫作奥格斯堡柜（Augsburg Cabinet），于四百年前首次呈献给瑞典国王。它基本可容纳所有的个人物品。柜子的盖子最为特别，上头的稀有矿物质包括紫水晶、孔雀石、水晶石和黑珊瑚，与贝壳镶嵌在一块儿，浑然天成。顶部是一只金色高脚杯，上头是海神尼普顿和爱神维纳斯的图案。这个柜子有上百个与圣经相关的镶嵌装饰、很多镜子和可以抽拉折叠的桌子。我们接着进入一个装有早期物理学仪器的房间，继而踱步去参观宏伟的大教堂。

获奖者和嘉宾们之后在城堡会合，共进午餐。午餐在一座巨大的礼堂里举行，墙上挂着六幅美轮美奂的田园风格挂毯，描绘了皇室出游的情景。过去，皇室的很多聚会都在这个礼堂举行，其中有一次，一英里以外堆满泥炭的谷仓起了火，皇室成员们还误以为是为他们准备的什么娱乐节目。整个瑞典之行中最让人难忘的莫过于午餐过程中的学生合唱。我们后来收到了他们的圣诞音乐CD。我们一直都将这群卓越歌手的录音奉为珍宝。

吃过午饭，我再一次被寄存到理发店。我走进去的时候，托尼·贝内特（Tony Bennett）熨帖的声音正在什么地方响起，平静地唱着《白色圣诞节》。我这次的发型可能是本周我最满意的：几个法国髻，几串珍珠绕过头顶，稍稍营造出冠状头饰的效果。我带来了珍珠项链和耳环，搭配金白相间的丝绸外套和晚礼服。回到房间，我换上了晚礼服和不争气的金色舞鞋，帮助罗伯特和儿子们换上晚装。晚上六点半，我们出发前往斯德哥尔摩大学学生会组织的派对。我们有幸能带上这么多的亲友一同参加，尽管不知道会发生什么，不过我们被告知将有个难忘的夜晚。现在已经宛如我们养女的阿贾悄悄地从我们豪华轿车的后备箱拿走了她绿宝石色的礼服，找到更衣室，从里头出来的时候活像一位皇亲国戚。她在一周内给我们提供了很多帮助，不过当晚应该是她最难的一项任务。她负责的是餐厅后部"孩子们"的桌子。我们邀请了所有青少年和更小的嘉宾，包括我们的儿子，利比（Libby）可爱的女儿们——伊丽莎白（Elizabeth）、萨曼莎（Samantha）和亚历山德拉（Alexandra），表哥鲍伯·马丁，还有托德的朋友保罗·埃斯伯（Paul Esber），他们穿着正装，看起来都很时髦。天知道他们当晚到底喝了什么，因为每张桌上都放着八个酒杯。我只知道确实有圣诞潘趣酒和鼻烟被送到那桌去。这些少年们还折纸飞机并在烛火上边丢来丢去，以此取乐。他们还闻了闻烈酒的味道，学会了瑞典式干杯。除此之外，我可不想知道还发生了什么。

为了如实地描绘这个派对的情况，可以想象一下诺贝尔奖颁奖典礼和晚宴有多正式，而这场派对就是来了个180度的大转弯。当晚学生会的派对是要让诺贝尔奖获得者加入他们"俱乐部"的仪式，相当于学生会版本的诺贝尔奖颁奖典礼和晚宴。这个喧闹的夜晚和正式的诺贝尔奖颁奖仪式与晚宴多少有些相似之处，比如美味佳肴。这些美食由扮成"仙女"的女学生们呈上，她们赤着脚板，健步如飞。菜单如下：

北极式面包上配诺尔兰塔塔酱

驯鹿的肉片

鸡油菌和小牛杂碎夹层的西博滕乳酪煎饼，配红醋栗酱

带草莓和橘子粒的柑橘冻糕，放在装有蜂蜜的篮子里

派对甜点当然是模仿诺贝尔奖晚宴的棉花糖甜点。然而在这里，灯光像救援直升机的探照灯一样通明刺眼，照亮了盘子和旁边的侍者，同时也把周围所有人的眼睛都快射瞎了。

我实在不确定北极式面包里头包的是什么，我想最好还是不要问了。一道道菜被呈上时，端菜的人要先走下一段阶梯，然后大张旗鼓、正经八百地上菜。饮料像瀑布一样灌在那么多的杯子里头，在一片汪洋里，实在是找不出一处干的地方放餐盘。整晚的时间插入了一系列的短剧和24首饮酒歌。我的座位在长桌的尽头，紧挨着舞台，所以要保持警醒，拍手，呷酒，唱歌，干杯，大吃大喝，这过

程漫长得好像24天。我记得当晚早些时候有个幽默的短剧，讲的是一个"瑞典管道工"接到一个活儿，要去更换斯德哥尔摩大学校长脚下的水管。这是一个滑稽的短剧。我的目光转向我父亲的方向，发现他总不在座位上，而是经常被一个漂亮的女学生引导去男卫生间。别忘了，我们在市政厅的晚宴可是三个半小时都不准去厕所的。我当时想，我父亲可以隔一阵子就被引领去一趟卫生间，这可好多了。但是在这场晚宴上，人们都在以惊人的速度冲进卫生间，我有点儿起疑。我朝左侧的英俊男学生靠过去，问他这些涌入卫生间的人到底是怎么回事儿。"你也想要去吗？"他兴致勃勃地问我。

看到我脸上的表情，他很快接着说道："卫生间里有威士忌，很多纯威士忌。"我婉言拒绝了，把一块北极式面包塞到嘴里。

我可能忘记提到了，按照礼仪，这些饮酒歌大部分都要人站在椅子上头，一边唱一边干杯。这个任务需要很强的体力，尤其是在身上裹着晚礼服，穿着全长衬里、打滑的鞋和及腰的丝袜的情况下。每次站到椅子上祝酒的时候，我的丝袜就要往下掉三英寸，八首歌过后（自己算一算），就算完蛋了。丝袜已经铐住了我的脚踝。我朝一位诺贝尔礼仪小姐克里斯蒂娜·提鸥芙（Christina Tilfors）靠过去，问她今晚还有多久结束。她告诉我说，接下来还有更多好玩儿的东西。我问她有没有可能先离开。听到我紧张的声音，提鸥芙小姐说，她会尽量加快活动进程的。我依旧被困在我的丝袜里，我的身体微微低了下来。坐在我旁边的一位有着淡褐色眼睛的和善年轻男士对我说"dawnce"（带口音的"跳舞"）。

"待会儿再说吧。"我回答道，一边说话，一边坐直。

短剧节目仍在继续，我只专注于如何从丝袜里逃生。我想出一个办法。到第九首祝酒歌和第九次登上椅子的时候，我让钱包滑下膝盖。我俯下身子，头伸到桌布下，把我的脚从恶魔般困住我的丝袜中解救出来，再把汗涔涔的丝袜塞进包里。然而当我站起身来的时候，头发上的一串珍珠钩到了桌布，几乎把剩下的所有盘子、酒杯和北极式面包都扯到了礼服的后头。桌布和我，就像在白色的汪洋里默默相撞的潜水艇。最后我终于挣脱了，血液又顺利回流到下半身，我接受了跳舞的邀请，把散发着丝袜味道的钱包留在了椅子下头。与此同时，罗伯特、霍斯特和约翰·波普尔也遭遇了他们自己的问题。他们被邀请上台，站在一个巨大的青蛙吉祥物旁边，被要求满舞台跳，作为"入会仪式"的第一部分。这三个男人在跳了又跳之后（我认为至少好过鞠躬），被授予了青蛙勋位的项链，接着他们仨都被象征性地"斩首"了。似乎所有人都明白怎么回事，唯独罗伯特和霍斯特紧张地张望着，不知道接下来还会发生什么。

我们以为接下来会有炒青蛙腿上来，这时霍斯特出场了。他说了一番发人深省的话（这是他花了一天半的时间，在豪华轿车里和在城堡等午饭时写的）。他提到了应该获得诺贝尔奖但被忽略的人和发明。这些发明包括回形针、安全别针和后视镜，"这样女人们就可以一边化妆一边超车了"。他接着为这些发明者起了很多物理名字，当然只有十分之一的观众能听懂。最后，他提到圣露西娅无论走到哪里都要带着四桶水，以防着火。霍斯特在演讲的过程中，把眼镜架在鼻子上，看起来再严肃不过了。他这副样子，让他的讲演既正经又诙谐。

　　午夜时分，我彻底完蛋了。我向罗伯特和阿贾招手，叫他们过来，来来回回几次之后，我们找到了儿子和司机。其他的嘉宾继续在另一个房间跳舞，享受好时光，我们则返回酒店。我们拥抱这些小伙子，他们明天要返回加州，不过并非和我们一起。接下来我花了一个半小时的时间收拾行李，以便第二天早上七点半赶到大厅。没有什么词能形容我们筋疲力尽的程度。我唯一能在日记里（凌晨两点）写下的话就是："下一次要穿球鞋，穿短袜配晚礼服。"

第十二章　斯堪的纳维亚巡回演讲

通常在诺贝尔奖颁奖典礼之后，约定俗成地，获奖者们会在斯堪的纳维亚半岛面向学生和大众进行一系列的巡回演讲。于是，12月14日，霍斯特、多米尼克、罗伯特和我昏昏欲睡、跌跌撞撞地来到斯德哥尔摩大酒店的大厅，拖着脚步走向我们的豪华轿车，前往机场。我们的行李装在一辆尾随我们的出租车里。和我们很棒的随员依依惜别之后，我们被护送进VIP通道，并被引导至飞机上的座位处。飞行员礼貌地做了自我介绍，然后告知我们会有一些颠簸。我们仍受到前晚的影响，叫苦不迭，试着在到达哥德堡前在飞机上睡上一小时。到达哥德堡之后，我们被开车送到酒店，但是罗伯特和霍斯特需要进行演讲，多米尼克和我彻底累垮了。

刚到傍晚，我们被接去查尔姆斯理工大学参加一场招待会，活动在一座别致古老的房子里举行，前门的窗玻璃是深蓝色的。晚餐是非正式地站着用餐，食物包括鱼子酱、三文鱼、虾和巧克力薄荷饼干。霍斯特和罗伯特安静地坐在那儿，几乎没吃。作为传统，这次也有合唱团为我们歌唱，团员全部是男性。这些歌手戴着传统的水手帽，流苏从一边或两边垂下来，给人一种稍被淋湿的感觉。无论是否被淋湿，他们的四声部和声简直是天籁之音。学生们向我和多米尼克围过来，唱了一首叫《马德琳》（*Madeline*）的歌曲。罗伯特和霍斯特反应够快，在学生们离场前让他们快速地翻译一下歌词的含义。这是个惬意的夜晚，我们很高兴看到朋友史蒂夫·格文（Steve Girvin）和伯特·霍尔珀林（Bert Halperin）也来参加这场欢庆活动。

终于安稳地睡了一觉，我们四个又上路了，仿佛获得新生。我们去的是瑞典南部边缘的一个小镇，叫隆德，有三小时的车程。一辆勇猛的出租车跟在我们后头亦步亦趋，车里头塞着胀鼓鼓的行李，行李里头是我们必备的服装。我们四个在车里其乐融融，一同望着那朦朦胧胧的金太阳与山坡轻轻擦身而过。这是我们几天里头一次看到日光。太阳似乎永远都只比地平线高一点点，它在荒芜的大地上掠过，好像是打磨得晶莹剔透的石头。到达隆德之后，我们住在伊迪昂·盖特里（Ideon Gasteri）酒店，这个可爱的地方由一对和善的瑞典夫妇经营，他们每年都要接待进行巡回演讲的诺贝尔奖获得者。他们说他们曾经去纽约过圣诞节，到基韦斯特去跨年，我们觉得这简直太有趣了！

正式的晚宴在主教公署举行。隆德大学物理系的教职员工参加了这次晚宴，我真庆幸这次可不用爬椅子了。隆德大学买下了主教公署，在里头放置了很多艺术收藏品。在过去，主教的薪水是普通市民的70倍，他们在建造住所时可谓不惜工本。房间里摆放着红色缎面沙发，四处装饰着一品红，极尽惊艳。

第二天，我和多米尼克被送到隆德的市中心游玩一番。隆德是一个有着上千年历史的可爱古城，鹅卵石小路曲折蜿蜒，琳琅满目的小商店坐落其中，有一些可以追溯到17世纪。城中心的教堂美得惊心动魄，它的装饰节制有度，只有长椅上有描绘圣经场景的华丽木雕。据说，教堂里有一个围着铁栏的地穴，里头关着一个巨人，倘若这个巨人被放出来，会导致宗教的基石坍塌。教堂的上头还有一口巨大的钟，一到中午，就会有雕像跳出来跳圆圈舞。隆德这座城市安详平静，确实以人为本，每个角落都有馥郁的花车。在斯德哥尔摩没有什么时间逛街，我和多米尼克在这里发现了一家欧瑞诗（Orrefors）。诺贝尔奖晚宴餐桌上的水晶杯都是欧瑞诗提供的。我们走进店里，里面还有几个顾客。我打算买几个高脚酒杯带回去。我和多米尼克讨论了一下，要不要告诉店员我们是1998年诺贝尔奖获得者的太太。我们当中的一个终于说了出来，结果就是，他们把店关了起来。现在所有的店员都来为我们服务，我觉得这下我可不得不买些什么了。最后我买了十个红色和十个白色的高脚酒杯，杯柄都是镀金的，同时还买了一套五英寸高的香槟杯。它们马上被用气泡袋包好，装箱贴上标签，运往加州。它们是和我们同一天到家的。在过去的十年里，在很多特别的家庭聚会上，我们都会开心地把它们拿出来用。

12月16日的傍晚，多米尼克、霍斯特、罗伯特和我乘坐一架水上飞机（我们是唯一的乘客）去往哥本哈根，会见丹麦教授波尔·埃里克·林德勒夫（Poul Erik Lindelof）。我们被送去皇宫酒店，对面是蒂沃利公园闪烁的灯光，仿佛在向我们欢迎致意。这座酒店富丽堂皇，离哥本哈根的主要购物区很近，步行即到。我们住的是"国王腓特烈"房间，为了提醒房客，墙上挂着国王的巨大照片。房间的墙壁是有光泽的深色红木。房间里面有男女卫生间，单独的更衣室里有从地板到天花板的架子，还有可眺望中央广场的巨大窗户。床上还布置着皇家帷幔。一般来讲，看到这副排场，我们肯定目瞪口呆。不过我们仍然假装自己是玛丽·安托瓦内特和帕瓦罗蒂，我们坐下来，充分地享受豪华的住宿条件。罗伯特从果盘里摘着梅子，觉得或许终究可以习惯做讲座这种差事。

当晚，我们在一家叫作菲利普（Philippe）的优雅的法国餐馆就餐，参加者大部分是男士，慷慨的丹麦教授们是晚餐的主办人。当晚谈论的大都是关于物理的话题，特别值得一提的菜式是当晚的甜点——杯子蛋糕一般大小的板栗苹果蛋糕，佐以美味的肉桂冰淇淋及炒过的苹果和李子。在我看来，这道简单的甜品堪称我们此行的食神级甜品。

第二天早上，罗伯特和霍斯特要在一场座谈会上发表公共讲演，之后去参观奥斯特（Orsted）实验室。与此同时，多米尼克向我介绍了哥本哈根。豪华的糕点咖啡厅、巧妙融为一体的新旧建筑、装饰得像过节一样的窗户、很多高档商店、可供人聊天的宽阔的人行道，这一切都给这座城市笼罩了一层深邃的气氛。多米尼克曾来过这里几次，问我想做些什么。我的信用卡刚被刷得冒烟呢，于是我建议还是去皇家哥本哈根（Royal Copenhagen）做一番橱窗购物好了，那里是斯堪的纳维亚半岛首屈一指的瓷器和水晶店。想象一下，六层楼都是令人赏心悦目和富有创意的餐桌摆设，大多融合了自然的元素，比如树皮、苔藓、树枝和松果。例如，一张纯白色的桌子中央盘旋围绕着树枝、松果和常春藤，仿佛是常春藤垂落的枝形吊灯下的跑道。另一张桌上摆放着树菌团成的大球，在烛光下闪闪发亮。它旁边是带青苔垫子的椅子。里面还有垂坠透明白色桌布的桌子，上头是美丽的白百合和玻璃装饰品，还有几缕发光的银线。另一个房间里，涂着糖霜的德国星状饼干被放在椅子的旁边，椅子上垂搭着贝形边的薄纱。还有的桌子上满是苔藓，中间是蓝白色的陶瓷和舒展出白色枝丫的枝状烛台，枝丫上头栖息着上百只金色的小鸟。璀璨的松果和冰糖做的水果堆放在切割出来的带底座的水晶碗里。我们还发现了和斯德哥尔摩诺贝尔奖晚宴摆设一模一样的瓷器，或许是较旧样品的复制品。这些商品十分昂贵，以至于询问价格也需要预约。毫无疑问，进店购物对着装也有要求。

　　当晚，我们被驱车送到机场，前去赫尔辛基。航班晚点了，罗伯特和霍斯特有点倦意，身体东倒西歪的。我这话的意思是，航班的稍微晚点似乎打乱了他们理智的天平，他们马上就要失去理智了。幸运的是，我们似乎是唯一在登机口等待的乘客。几天以来，霍斯特都为离开他的随员而闷闷不乐，他在机场的走廊里以高速公路上的速度推着行李车来回地上上下下，喊着随员的名字。与此同时，罗伯特专注地坐在他的笔记本电脑前，一边打字，一边笑得眼泪流满了双颊。我和多米尼克面面相觑，感到丝丝的不安。这注定是个长夜。我们越来越好奇，围过来看罗伯特到底在写什么。原来圣露西娅的歌声一直在他脑海挥之不去，不管在什么地方，有时间他就在笔记本电脑上作词，写下了10句到30句的歌词。他扯着嗓门唱着他的新歌词，歌词内容简直搞笑极了，里头一半的内容可正经需要伴侣的审查。但他还是这么唱着。登机的时候也唱，到赫尔辛基的时候也唱，是的，每年我们都会在家中为纪念圣露西娅而唱上那么几句。

我们最后晚了一个半小时到达赫尔辛基机场，这可能是世界上最豪华的机场之一。一切都让人眼花缭乱——里面展示着昂贵的香水、价格不菲的毛皮、水晶器具、全尺寸的驯鹿地毯，它们被陈列在从桦树天花板垂吊下来的上千个熠熠闪光的饰品下头。因为我们晚到了，于是被直接送到大学，那里聚集着来向霍斯特和罗伯特问问题的高中生。我双手合十，祈祷可不要有人提起圣露西娅。大部分的问题都是比较私人的和有洞见的，比如："你如何在你的家庭生活和工作安排之间实现平衡？"罗伯特诚实地回答说："我可不去平衡。这都交给我太太阿妮塔了。"

之后我们在大厅里吃鱼饼，这时，霍斯特自告奋勇，要将自己连上一台测量大脑功能的机器。我们都觉得这搞笑极了，我个人怀疑在斯德哥尔摩之行的一周之后，他脑袋里是不是还有正在放电的神经元呢。这个测试即将在芬兰艾斯堡著名的低温物理实验室进行。这个实验室的发起人是赫赫有名、德高望重的芬兰科学家奥利·路易斯玛（Ollie Lounismaa）。他的衣钵传人米克·帕拉宁（Mikko Paalanen）教授是罗伯特在贝尔实验室时的同事和好友。米克对让霍斯特做他的实验小白鼠这个主意很喜欢。他们似乎在1985年的时候就对克劳斯·冯·克里津做过测试。

霍斯特被带到一个冷室里并被要求戴上帽子（和电影《捉鬼敢死队》中倒扣的滤锅有些相仿），此帽子叫作MEG帽子。它是用来测量从大脑中发散出的微小磁场的。磁场由电子脉冲组成，也就是脑电图捕捉到的东西。因为人体中的盐水并不会影响磁场，脑磁图比脑电图更适合用来测量大脑功能。当然有更专业的解释，但是大概是这个意思。实验室里的人都迫不及待地想要将霍斯特的测量结果与克里津的测量结果做比较。他们猜想，霍斯特的"峰值"是克里津结果的三倍大（还记得"三分之一"效应吗？）。我唯一能记得的结果就是——没错，霍斯特仍旧还有"峰值"。

做大脑扫描的是克劳迪娅·里奥索（Claudia Liaso）。我和她都对自闭症的研究感兴趣，我们聊了好一阵子。自闭症患者的额叶有过度活跃的神经元，而这项手术可能会帮助减缓典型的自闭症行为。她在想，这个发现是否也可以用于癫痫的治疗。她曾不幸痛失自己十几岁且患有癫痫的儿子，她告诉我，与儿子相处的每一天都要珍惜，不要当成是理所当然的。

我们在赫尔辛基入住的酒店是幢历史建筑，在"二战"时期曾经被芬兰人和纳粹使用。这座酒店黑黢黢、阴森森的，烟雾缭绕，毫无疑问还存有过去晦暗的气息。还好我在酒店房间陈旧的电视上找到了吉米·史都华（Jimmy Stewart）的轻松电影。电影名为《美好人生》，里面的对话我都还记得。听着吉米说芬兰语还真是有趣。

次日上午，我们被送去刚刚修建好的奇亚斯玛（Kiasma）艺术博物馆。赫尔辛基满是色彩明亮的建筑，这也是漫漫冬夜里的一种慰藉。奇亚斯玛艺术博物馆有别于传统建筑，其玻璃外墙闪闪发亮，起伏有致。美国的建筑师斯提芬·霍尔（Steven Holl）赢得了博物馆的国际设计竞赛。当你进入这幢不对称的建筑时，内部起伏的墙壁和倾斜的地板让人感觉好像是置身船上。这感觉简直太让人心惊胆战了。当时的展览也让人有点儿吃不消，包括家庭暴力的影片、像士兵一样排列的一碗碗米饭、由骨头做成的枝形吊灯、将店面画重新创作而表现城市衰落的画作，还有满是比特犬和文身的"邪恶的美国"的展览。有一个作品我和罗伯特都喜欢，是将波浪激荡的航拍影片投放在房间里巨大的投影幕布上。这个影片想必是对情绪的一种涤荡。我们进入的最后一个房间里摆满了玻璃花瓶。每一个瓶子都散发出独特的气味。我们一边嗅着这些气味，一边穿过这个房间，表面看来颇有情趣和巧思，但实际上可没什么好处。我闻了三种气味就受不了了。霍斯特几乎把所有的花瓶都闻遍了。我们扶着起伏的栏杆下楼去，当中的几个人开始感到晕眩，脑袋嗡嗡作响。霍斯特开始瑟瑟发抖，不得不去卫生间。我病恹恹晕乎乎地坐下来。回到酒店后，霍斯特花了几个小时才缓过来，勉强撑过了剩下的行程。

当天下午，我需要透透气，因此，即便外头已经黑了下来，我还是打算出去买些布料。毫无疑问，芬兰的布料匠心独具，做工精良。我被种类繁多的颜色和质地惊呆了，最后选择了两种用蝉翼纱制成的几近透明的白色亚麻方形桌布。我还买了两块马海毛的厚毯子，一张毯子的颜色由紫红渐变到橙色，另一张是钴蓝色和藕荷色的方块设计。这些布料质地柔软，富有活力，设计低调简单，真可谓巧夺天工。我买的布料很顺利地邮寄到了家里。我想我买毯子的时候正在想我的两个儿子。我和罗伯特都太想他们俩了，我们越来越想家，想念在雨夜与他们在炉边谈话的日子。

12月18日，我们被邀请到赫尔辛基一家名为松德曼（Sundman）的优雅餐馆就餐。菜单中包括烤三文鱼搭配茴香沙拉、鸭胸脯搭配杏子、点缀有肉桂和苹果冰冻果露的焦糖布丁。我坐在知名的芬兰科学家奥利·路易斯玛的旁边，他是个魅力四射的共餐人。我左边的也是位物理学家，他告诉我，在拉普兰，蚊子过度繁殖，去那里可是危险重重。他还告诉我，斯堪的纳维亚在12月24日庆祝圣诞。每家在凌晨四点去教堂，因为在过去，农民们必须那么早就起来，那是他们能去教堂的唯一时间。这个习俗延续至今。能坐在物理学家旁边而不必谈论物理，总是一件惬意的事情。这可不常发生。一般情况下，我总是置身于一堆物理学术语的叫嚣声中。光通过奇怪的音调和疯狂的手势可猜不出这些术语的含义。我经常笑而不语，佛像一般端坐在那里，礼貌地点头，直到这股叫嚣声逐渐平息了，我才插进去一句妙语："赫尔辛基真是黑啊，对吧？"我刚认识罗伯特的时候，尝试学习了一些物理术语，不过功亏一篑。最开始的时候，我学会的一个可爱的物理学术语是"自旋反转拉曼光谱学"，我可以在洗澡的时候像念咒语似的念上几个小时以便熟能生巧。随着我们的儿子逐渐长大，对科学渐生兴趣，我们晚餐桌上的谈话我是越来越听不懂了，仿佛爸爸和儿子们串通一气想要用他们的聪明智慧吓吓妈妈。就算是不谈物理，也要谈到计算机，每时每刻都要蹦出新词。有的时候一个月过去了，我也没有听到一个熟悉的词。这也就是"物理学寡妇"这个词的由来。

12月19日，我们离开了赫尔辛基，回到斯德哥尔摩。我们在候机时观看了六个小时的BBC节目，内容是克林顿在美国众议院被弹劾的听证会。同时，分屏幕上头正在播放美国轰炸巴格达的情景。BBC节目的播报员说道，这次轰炸是因为联合国巡视员被赶出了伊拉克。萨达姆是否预想到了白宫的这个回应？是否冲突已经发生？我们可能永远无法知晓。这感觉好像是世界正在逐渐揭开谜底，我们与世隔绝的童话般行程终要面对现实残酷的提醒。很多天都没有看新闻，关于伊拉克的新闻确实让罗伯特感到心中不安。一开始，很难去想象这样的场景会在真实世界中发生，这更像是《摇尾狗》那样让人转移注意力的好莱坞电影，只是暂时让人们从弹劾审判的紧张中放松下来。

　　尽管美国政治越来越让人琢磨不透，我们作为美国人还是引以为豪的。12月21日，我们回到了加州北部参天的红木林和馥郁的桉树林的环绕之中。和我们的儿子们团聚，我们感觉真是福气多多。罗伯特的邮件清单中有阿贾的一封长邮件，说她已经非常想念我们和我们的亲戚们了。她大方地邀请我们去她在瑞典乡下的家中做客。

　　我们的斯德哥尔摩诺贝尔一周行需要长长的时间去慢慢地消化。这么多人的努力，让罗伯特获奖的经历成为我们人生旅程中重要的一部分，我们对他们的付出深怀谢意。还有霍斯特和多米尼克一家、崔琦和琳达一家，与他们相处的这段时间弥足珍贵。整个诺贝尔奖周的经历仿佛是不期而至的宇宙事件，是从12月冬夜黑暗无边的天空发射出的一道北极光，炫目耀眼而稍纵即逝。想起它时，总是回味无穷。

后 记

　　2001年，我们收到请柬，邀请我们返回斯德哥尔摩参加诺贝尔奖100周年的纪念活动。不用说，我们欣然接受了邀请，当天就发出了白领结和燕尾服的尺寸！这次纪念与众不同的是，所有在世的诺贝尔奖获得者都收到了邀请，大概一共有250人，当时大概有55人住在加州北部。我们没有想到，多么珍贵的经历在等着我们。

　　罗伯特于12月2日到了斯德哥尔摩，我紧随他在12月7日到达。我一个人旅行的过程中，只发生了两个小插曲。第一个是在旧金山登机之后，广播喊起我的名字，要我下飞机。三个月前"9·11"事件爆发，机场还处于警备状态，安检处的士兵手持机关枪。我紧张地下了飞机，因为我的缘故，飞机晚点，同机的乘客一片唉声叹气。在登机口，我又被搜了一次身，我在两个女警卫面前把包里的东西都倒了出来。看着成堆的耳环、项链、手链和发亮的发卡，她们问我说："你难道是卖珠宝的吗？"

"我不是，"我冷静地回答道，"我要去斯德哥尔摩参加诺贝尔奖颁奖典礼。"

"哦，你说什么？"她们异口同声地问，怔怔地望着彼此，"请你稍等一下。"

她们带回两个男警卫，终于确认了我所携带的首饰里头没有任何明显的危险物品，因此我又可以把所有东西装回包里重新登机，这一次我又听到了乘客的一片叹息声。

第二个小插曲发生的原因是，我穿上了乘务员提供的栗色厚袜子，而在到达哥本哈根之后，我还穿着它们。这可犯了大错，特别是我还要穿过机场，通过安检去转机。去往斯德哥尔摩的航班因为我又延迟了，我蹒跚地上了飞机，第三次听到乘客的叹息声。当时我的脚后跟上已经起了眼球一样大的水泡，鞋子后头也沾上了血渍。在去往斯德哥尔摩的途中，乘务员没收了我的袜子，往我的腿上扔了十几个创可贴，我用创可贴贴满了双踝。到了斯德哥尔摩机场不久之后，我将双脚塞进鞋子里，感觉好像是装上了马蹄。幸运的是，瑞典的女接待很有怜悯心，立马把我送去了斯德哥尔摩大酒店。我买了一双黑色的露跟高跟鞋，放在行李里，舒舒服服地穿了一整周。这个故事的寓意是：如果要出行，记得穿大一号的鞋子，至于珠宝首饰，到了之后再让你的伴侣掏钱现买。

诺贝尔奖百年庆的形式与1998年的几乎相同，唯一不同的是多了一场由导游带领参观的诺贝尔百年展览，在旧的股票交易所举行。庆典周之后，该展览还将进行全球巡展。就是在这个展览上，我们可以戴上耳机，收听到罗伯特的祝酒词，这是仅有的五个参展演讲中的一个。这可是祝酒词啊！在真正的百年庆之前，我们见到了阿贾，一起吃了午饭。这一次我们没有被分配随员，我们很高兴能有一次放松的行程，和阿贾聊聊近况。

12月9日，所有美国的诺贝尔奖获得者都被驻瑞典的新任美国大使查尔斯·亨博尔德（Charles Heimbold）及其太太莫妮卡邀请共进午餐。午餐在哈塞贝肯（Hasselbacken）酒店进行，以便容纳众多诺贝尔奖获得者及其另一半。午餐的菜品为鲈鱼搭配芦笋、鸡油菌和辣根酱，云莓慕斯和用柑橘汁浸泡过的山莓。

打那之后，我就一直在寻觅云莓慕斯的食谱。

2001年12月10日的下午，我们重返灯火辉煌的市政厅，这一次，我们乘坐一辆满是诺贝尔奖获得者及其伴侣的小巴。我和罗伯特是里头最年轻的，坐在车的后座。我们前面的乘客都白发苍苍。每个人都出奇地安静，我记得当时感觉到了一种强大的力量——仿佛是一场精神上的海啸。巴士里似乎洋溢着创意、创新和智慧的气氛，尽管被12月的漫漫黑夜包围。我们再次踏上通向市政厅的熟悉的路，毫无疑问，之前诺贝尔周的回忆又回到每个人的心中。下车之后，诺贝尔奖获得者前往后台，伴侣们来到礼堂的中央。对我来说，坐在这些女士当中也让我产生一种被赋予力量的感觉，我们在仪式开始之前，纷纷互相自我介绍。接着，皇室成员来到台上，包括公主殿下维多利亚。她穿着一件美艳惊人的红宝石礼服，搭配钻石头饰。她的母亲西尔维娅王后穿着一件厚重发光的白色长裙，上头镶嵌了上千颗珍珠。王后也戴着钻石头饰，或许是蓝宝石和钻石的项链，呼吸之间，向观众席散发彩虹般的光芒。

　　颁奖仪式之后，晚宴的盛况依旧，所有之前的诺贝尔奖获得者围坐在与主桌垂直的长桌旁。我坐在1996年的诺贝尔奖获得者道格·奥谢罗夫旁边，他是罗伯特在斯坦福大学的同事。旁边还有多米尼克、霍斯特和1997年的得奖者比尔·菲利普斯。我们喧闹地打成一片。我穿了一件粉红色缎袍，还有再次利用的绿松石短上衣外套和珍珠项链。让我懊恼的是，随着晚餐的进行，这件缎袍的领口越来越往下坠，尤其是当我大笑或者俯下身子的时候。我的餐巾总是从光滑的缎面裙子上滑下去，道格在听到我抱怨领口问题之后，善意地帮我捡起即将掉在地上的餐巾。下次要小心：将裙子用魔术贴贴在内裙上，再用魔术贴把餐巾贴在裙子上。

　　晚餐非常美味，皇家歌剧院歌手为我们献上了威尔第歌剧里的咏叹调，包括《唐·卡洛》《麦克白》《奥赛罗》《茶花女》《假面舞会》《阿依达》《福斯塔夫》。在用过美味的冻糕黑醋栗酥皮点心的甜点过后，罗伯特开始和我比画，好像在示意他有些不舒服。我知道我们没法儿站起来，所以让桌旁的人依次低声传话，想弄明白到底发生了什么。罗伯特看起来好像是吃了什么东西，让他的牙套松动了，他的手指间夹着个脱落的银牙套，桌旁的一个人喊道："国王丢失了他的王冠①！"我想知道，有没有什么关于牙齿紧急状况的礼节规则提醒。可能是没有。无论如何，这也没有阻止罗伯特又一次参加学生的睡帽派对。

　　2001年睡帽派对的组织方是斯德哥尔摩的医学学生会和卡罗林斯卡学院。派对的主题是神话和童话。我们与多米尼克和霍斯特乘坐出租车前往。到了门口，我们却没有门票，而且当然，霍斯特这次又没有带护照。所以我们要翻来翻去，寻找证明我们身份的东西。学生们真不敢相信他们面对的是两位诺贝尔奖获得者。终于，我们找到了一个认识他们的人，让我们进去了。我们先沿着一段昏暗逶迤的阶梯到了楼下。走到最底下之后，我们发现我们正置身于小说《哈利·波特》的一间教室里头，"斯内普

---

① 牙套"crown"与王冠同义。——译注

（Snape）教授"正在黑板上写着不知所云的物理问题，并且叫挤坐在古老木桌旁的嘉宾"学生"回答。罗伯特举了好几次手都被忽略了，最后他直接爆发了："你管这个叫物理问题？你的符号都用错啦！"

"我的什么？""斯内普教授"咆哮起来，斜着眼睛向下瞄向我们。"你居然敢纠正一位资深的教授？你这个白头发的狂人。我让你现在就出去，别让我给你扔出去！"他嘶吼起来，挥舞着黝黑如蝙蝠一样的胳膊。

我们跑回楼上（穿着低胸领口和露跟女鞋可不容易走快），接着转换到"纳尼亚"房间，里面满是蜿蜒舒展的树干，还有真人大小的木头仙女，捧着热气腾腾的长生不老灵药。我们参观的房间还有"魔戒""爱丽丝梦游仙境""睡美人""舍伍德森林""北欧神话"和"希腊神话"，最后还有迪斯科舞会！

睡帽派对提供的美食包括配辣根和鲜奶油的马铃薯和驯鹿玉米饼，柠檬和红洋葱腌鲱鱼，白鱼卵及腌鲱鱼，西博滕瑞典奶酪馅饼，传统的瑞典鸡蛋，带面包酥的香草沙拉。

晚餐的最后节目是六首深夜的晚餐歌曲，歌手们唱得有滋有味。我们当时已经满腹都是啤酒和不明成分的长生不老药（医学学生调制出来的），回到酒店的时候，双颊绯红，感觉身处梦幻之境。

12月11日，经过一天的调整和睡觉，我和罗伯特盛装打扮，准备出席在皇宫举行的皇家晚宴。我们浑身轻松，期待着晚上的活动。我们穿过人头攒动的大厅，坐到小巴上。我选了一件闪闪发光的淡紫色礼服，搭配一件高领全长大衣，穿着它可不会有什么胸口外露的问题。我还穿着黑色露跟女鞋，鞋底已磨合好，我自信满满地想，这次可绝对不会出现差点儿撞上古斯塔夫国王陛下的糗事了。

在皇宫的迎宾队伍中，国王认出了我和罗伯特，说道："怎么又是你？你已经是这里的常客了。"整个皇室非常友好。尽管我们人数众多（几百人），整个晚上他们一直让所有人感到宾至如归。我忘记了晚餐时罗伯特坐在哪里，但是我坐在离入口最近的位置，离主桌大概有四分之三英里远，与我1998年的位置相比简直是远得不能再远了。然而，这也在意料之中，从我的角度可以有幸观赏后头橱柜里华丽的陶瓷和水晶收藏。当晚，皇家晚宴的特色美食是大菱鲆，蟹泥配龙蒿酱，皇家狩猎的鹿肉，惊喜三层巧克力。

晚饭过后，诺贝尔奖获得者们开心地攀谈起来，周围弥漫着雪茄的烟雾和白兰地的味道。大概十点半左右，皇室人员开始离开，我们都起立向他们致敬。夜晚的兴致正浓，诺贝尔奖得主们似乎对彼此都充满兴趣，没有人急着要离开。我很高兴这次活动可以留到很晚，我不确定我们是否还会回来，对于即将要离开，我自己也悲喜参半。但最后我们懊恼地发现，我们好像是最后离开的。我们是最后

（插图来自罗伯特·劳夫林）

六位狂欢者中的两位，我们理性地觉得还是大伙儿一起走比较好，于是最终决定一起离开。我们能看到的门似乎都关了。火上浇油的是，用我丈夫的俏皮话来形容："我们都被schnocker了。"这是一个技术物理名词。我们感觉自己仿佛是舞会上八个微醺的灰姑娘，侍者们进入由看不见的门和过道组成的宏伟魔方，然后消失不见，让我们惊叹不已。

"我们将被永远锁在这里！"我们其中的一个惊呼道。

最后，我们发现了一道错误的门，门后的宫殿官员对我们的窘境忍俊不禁。他毫不犹豫地微笑，大方地说：

"让我带你们出去。请这边走。"他领我们穿过一间满是晚餐餐盘和甜点杯的屋子——里头的惊喜三层巧克力全被清理干净了。这里有一片不锈钢柜台、成堆的银器和一篮篮正被浸泡的餐具。转过角落，我们经过一片区域，看起来像是一间迷你急诊室，里头放着一张床和医疗用具。走过长廊，乘坐类似杂物电梯下行，我们终于被带到了通向出口的楼梯。

"我终于知道我们在哪儿了！"罗伯特胸有成竹地嚷着，仿佛一个老练的内华达山登山者，尽管从不带指南针，但是似乎从来不会迷路。

2001年12月12日，在认识了一些新的诺贝尔奖得主及其伴侣之后，我们依依不舍地离开了斯德哥尔摩。在整个世界上，我想不出比诺贝尔周更让人对生活感恩的活动了。对于参加诺贝尔周活动的经历，罗伯特和我总是怀着谦恭和感恩。

更多信息请见：

罗伯特·劳夫林的诺贝尔网站：http://large.stanford.edu

或者

阿妮塔·劳夫林的网站：www.anitalaughlin.net

译后记

　　本书是阿妮塔·劳夫林女士在其伴侣获得诺贝尔奖的十余年后对颁奖经历的回忆。她让读者身临其境地感受到了这紧张隆重的颁奖周里发生的种种趣事。在作者笔下，这一世人公认的科学等领域的最高荣誉不再遥不可及，而是变成了温馨诙谐的小故事，展现了科学泰斗们私下的一面。在这些看似琐碎、慌乱的回忆中，我们了解到诺贝尔奖获得者罗伯特·劳夫林充满人情味儿的家庭生活，他辉煌的背后数十年如一日的严谨治学，当然还有围绕颁奖典礼展开的密集而炫目的活动。这些让读者得以一窥这一神秘而又鲜为人知的盛事。

　　这一本薄薄的回忆录，承载的是厚厚的细节和浓浓的余味。跟着作者的回忆，读者从科技学术重镇的阳光硅谷，来到名流政客云集的华盛顿首府，又飞往了银装素裹、灯火通明的斯德哥尔摩。科学家的生活，朴实，简单，心系一处。而这盛大的颁奖晚宴，惊艳，考究，极尽礼宾繁华。

阿妮塔·劳夫林用诙谐、轻松的笔调，把诺贝尔奖的颁奖流程淋漓尽致地一一道来，读者也跟着她一块儿经历这一桩桩令人慌张、欣喜、出乎意料或哭笑不得的大排场和小插曲，其中既有与瑞典国王古斯塔夫相邻而坐共进晚宴的殊荣，也有如何从丝袜里逃生的糗事。

译者现居旧金山，曾拜访过劳伦斯·利弗莫尔国家实验室，也漫步过斯坦福大学的校园。走在幽静的大学校园中，我试着感受罗伯特·劳夫林这位科学家工作与学习的环境：尽情挥洒的阳光，安然耸立的一座座实验室，穿着朴素、举止自然的科学工作者们……或许下一个诺贝尔奖的获奖者就在他们当中。

感谢生活·读书·新知三联书店让我有机会翻译此书，感谢胡群英编辑、李静韬编辑、郭晓慧、邹云等人的工作。也要感谢我的美国朋友和法国朋友们，帮助我理解书中的一些俚语和名词。

阿妮塔·劳夫林的笔调自然亲切，译者也希望尽量保留这个特色。由于译者水平有限，文中错误纰漏难免，恳请批评指正，不胜感激。

张心童

2016 年 1 月

于美国旧金山